손끝에 빛을 담는 가야금 연주자 김보경

아기 때

어릴 때 한복 입고

초등학생 때

바이올린 시절

부모님과

서울대 졸업과 졸업 연주회

러시아 공연

카타르 공연 때

광
화
문
에
서

규현과 포스코 프로젝트 콜라보

포스코 프로젝트 '스토리 영상' 중에서

서울예술상 수상

누구 시리즈 ③1

문학적 초상화 프로젝트

2024년 <누구?!시리즈10>을 발간하며

궁금증이 감탄으로 변하게 하는 이야기를 담은 작은 인문학도서 <누구?!시리즈>를 기획하게 되었다. 인문학이란 사람의 이야기를 기본으로 하는데 그 삶에서 장애는 비장애인들이 경험하지 못한 특별한 이야기여서 사람들에게 감동을 준다.

특히 장애인예술은 장애예술인의 삶 속에서 녹아 나온 창작이라서 장애예술인 이야기를 책으로 만드는 <누구?!시리즈>는 꼭 필요한 작업이다. 이 책은 장애예술인의 활동을 알리는 소중한 자료가 될 것이기에 <누구?!시리즈> 100권 발간 목표를 세웠다. 의문과 감탄을 동시에 나타내는 기호 인테러뱅 (interrobang)이 <누구?!시리즈>를 통해 새로운 감성으로 확산될 것으로 믿는다.

<누구?!시리즈 100>이 완간되면 한국을 빛내는 장애예술인 100인이 탄생하여 장애인예술의 진가를 인정받게 될 것이며, 100인의 장애예술인을 해외에 소개하면 한국장애인예술의 우수성이 K-컬처의 새로운 화두가 될 것이다.

_ (사)한국장애예술인협회 회장 방귀희

손끝에 빛을 담는 가야금 연주자 김보경 – **누구 시리즈 31**
김보경 지음

초판1쇄 발행 2024년 11월 1일

지은이 김보경
펴낸이 방귀희
펴낸곳 도서출판 솟대
등 록 1991년 4월 29일
주 소 서울시 금천구 서부샛길 606, 대성지식산업센터 B동 2506-2호
전 화 02)861-8848
팩 스 02)861-8849
홈주소 www.emiji.net
이메일 klah1990@daum.net

값 12,000원

ISBN 979-11-985730-6-3 03810

주최  사॥한국장애예술인협회

후원 🏛 문화체육관광부 　　 한국장애인문화예술원
　　　　　　　　　　　　 Korea Disability Arts & Culture Center

31

누구 시리즈

손끝에 빛을 담는
가야금 연주자 김보경

김보경 지음

나의 노력이 나를 배신할지라도 우물을 벗어나는 용기를

도서출판
솟대

더 옹골차게 매진하겠습니다

지난 2월 서울문화재단이 주최하는 제2회 '서울문화예술상'에서 장애예술인 부문 심사위원 특별상을 수상했습니다. 일반 예술상에 장애예술인 특별상이 마련된 것은 이번 서울예술상이 최초라고 하더군요. 또 '최초'의 영예를 안는 영광을 누릴 수 있어서 기쁩니다. 이 상이 앞으로 다른 예술상에서도 장애예술인계를 주목하게 하는 데 영향을 미칠 것이라고 하니 그 첫 주자로서 더더욱 기쁘지 않을 수 없습니다. 더욱이 제가 가야금을 한 지 딱 10년이 되는 해에 이런 큰 상을 받으니 제겐 이 상이 더욱 의미 있게 여겨집니다. 지나온 내 10년의 열정에 대한 커다란 격려와 보상이라고 생각하니 앞으로 다가올 10년도 더 열심히 달려 볼 수 있을 것 같습니다. 상 받는 덕분에 시상식에서 레드카펫도 밟아 보고 많은 환호와 박수도 받아 보고 참 재미있는 경험이었습니다. 이런 즐거운 경험이라면 더 많이 해 보고 싶을 만큼.

그동안 일기 한 줄 써 본 적 없는 제가 지난 10년을 돌아보며 내 얘기를 써 내려가는 일은 생각보다 정말 힘든 일이었습니다. '누구 시리즈'가 아니었다면 아마 엄두를 내지 못했을지도 모릅니다. 마음 저 깊숙이 꼭꼭 감춰 두었던 상처들을 다시 끄집어내는 것은 생각보다 많이 괴로운 일이었습니다. 발가벗듯이 나를 솔직하게 드러내는 일이란 그런 일인가 봅니다. 특히 가난한 날들의 이야기와 무대 뒤에서 한없이 작아지는 나를 고백해야 하는 일은 더더욱 그랬습니다. 가난이 부끄러운 것은 아니지만 적나라하게 나를 드러내는 일이라 많은 용기가 필요했습니다. 드러내고 싶지 않은 이야기를 굳이 꺼내 놓지 않고 덮어 둘 수도 있었지만 지금의 나를 있게 한 가장 진솔한 알맹이기 때문에 빼놓을 수 없기도 했습니다.

무엇보다 나처럼 가난한 예술 지망생들에게 나의 솔직한 고백이 힘이 될 수 있다면 얼마든지 솔직해지자고 생각했습니다. 나처럼 악기도 내 돈으로 살 수 없을 만큼 가난했던 사람이, 매번 무대마다 떨다가 실패하는 사람이 그럼에도 불구하고 여기까지 걸어온 이야기를 통해 누군가 위로받고 용기 낼 수 있기를 바라기 때문입니다.

그동안 나에게 물질적으로, 정신적으로 도움을 주셨던 고마운 손길들에 성실히 보답하기 위해서라도 더욱 훌륭한 연주자로 성장해 가겠습니다.

가야금을 손으로 뜯을 때 나는 선명하고 찰진 소리를 '옹골찬 소리'라고 합니다. 내 손끝에서 퍼져 나가는 소리가 누군가의 빛이 될 수 있도록 음악도, 삶도 매순간 옹골차게 매진하는 사람이 되겠습니다. 지난 10년을 돌아보며 다시 새롭게 나 자신과 약속해 봅니다.

2024년 무더위 속에서
가야금 연주자 김보경

차례

가야금과 연애 10년 차입니다

...

10년이면 강산도 변한다지. 빠른 세상의 변화를 일컫는 말인데 요즘엔 10년이 뭔가. 단 몇 년 만에도 10년 만큼의 엄청난 변화가 일어날 수 있는 시대가 아닌가. 그래서일까, 팽이보다 더 빠르게 돌아가는 시간의 흐름 속에서 사람들은 자신만의 의미로운 시간을 기억하기 위해 시간의 갈피마다 특별한 라벨을 붙인다. 예를 들면, 어떤 날로부터 100일이라든가, 1년이라든가, 또는 1000일이라든가. 이렇게 특별한 날수를 정해 두고 기념하는 것처럼 말이다.

내 나이 스물다섯 살. 올해는 내게도 특별한 라벨을 붙이고 싶은 해이다. 왜냐하면 열다섯 살 처음으로 가야금을 만난 이후 내가 가야금과 함께한 지 올해로 딱 10년이 되는 해이기 때문이다. 그냥 조금 특별한 정도가 아니라 할 수 있는 한 최고로 아름답고 화려한 색깔로 나만의 특별한 라벨을 붙여 주고 싶다. 그럴 만큼 가야금은 지난 10년 동안 감히 상상할 수도 없는 생의 순간으로 나를 이끌어 주었고 지금의 내가 있도록 나를 성장시켜 준 내 인생 최고의 친구이자 연인이기 때문이다.

가야금과 함께한 나의 10년은 나를 변화시킨 시간이기도 했지만 내가 지나온 모든 곳과 사람들을 변화시킨 그야말로 '상전벽해'의 시간이었다. 누군가에겐 겨우 10년, 고작해야 10년으로 여겨지는 시간일지도 모르지만 내게는 단 한순간도 쉽지 않았던 밀도 높은 연단의 시간이었다.

영화 〈위플래쉬〉에는 그런 스승이 나온다. 제자를 극한의 한계까지 잔인하게 밀어붙이고 그 성장을 즐기는 비정한 스승. 내겐 가야금이 그렇다. 매번 나를 한계까지 밀어붙였다가 거기서부터 나아가게 하는 방법으로 나를 반 뼘씩 한 뼘씩 성장시키는 존재. 그래서 그 존재 자체만으로도 내겐 가장 엄격한 스승이다. 그뿐인가. 때론 나를 최고의 환희로 몰아넣었다가도 또 어느 순간 절망에 빠뜨리기도 하는 존재. 세상 어디에서도 느낄 수 없는 순수한 기쁨으로 나를 사로잡는가 하면 어느새 날카로운 칼처럼 불현듯 가슴을 깊이 베이게 하는 존재. 나를 이토록 가슴 뛰게 하면서도 애태우는 존재가 세상에 또 어디 있을까.

노력은 결코 배신하지 않는다던데 그동안 가야금은 얼마나 자주 내 피땀 어린 노력을 무참하게 배신해 왔던가. 금방이라도 헤어지고 싶다가도 어느 순간 또 거부할 수 없게 나를 사로잡는 오싹한 애인. 내게 가야금은 그런 것이다. 가야금과 함께 울고 웃고 가슴 뛰었던 지난 10년은 그래서 내겐 아름답고 치열한 연애였다.

특별히 일기를 쓰거나 SNS 등에 내 기록을 남겨 본 적이 없다. 가야금과 밀당하는 것만으로도 벅차기도 했지만 무엇보다 나를 온전히 드러내고 나에 대해 쓴다는 것이 부담스러웠기 때문이다. 그러나 가야금과 함께 성장해 온 지 10년이 되는 내 스물다섯 살에 '누구 시리즈'에 나를 담을 기회가 오다니 이런 우연이 있나. 누려야 할 영광이고 놓치면 안 되는 기회일 것 같다. 이제 막 애티를 겨우 벗어난 젊디젊은 나이지만 이 귀한 기회에 오롯이 내가 지나온, 나름 뜨거웠던 나의 10년을 돌아보려 한다. 웃을 수 있고 마음 따뜻해지는 기억들은 되도록이면 더 깊이 감사하는 마음으로 써 내려가면 좋겠다. 또 감추고 싶던 것들도 애써 감추려 들지 말고 솔직하게 꺼내 놓을 수 있는 진솔한 용기가 이 글을 쓰는 동안엔 맘껏 발휘되면 좋겠다.

그럼, 이제부터 떠나 볼까, 나를 만나러 가는 시간 여행.

너는 나의 운명

...

"가야금은 어떻게 만나게 되셨어요?"

가야금 연주자인 나를 만나면 사람들이 가장 먼저 내게 하는 질문이다. 글쎄, 가야금은 어쩌다 내 인생 속으로 들어오게 되었을까. 지나온 시간을 돌이켜 보면 서로 연결된 시간의 행간에는 그동안 내가 한 모든 행위와 선택에 대한 이유와 동기들이 퍼즐 조각처럼 숨어 있을 것이다. 그런데 내가 가야금을 선택한 이유는 아무리 생각해도 좀 뜬금없게 여겨지긴 한다.

"어릴 때부터 한복을 너무 좋아해서요!"

생각해 보라. 가야금을 선택한 이유가 한복이 좋아서라니. 어찌 들으면 별 상관관계가 없이 난데없고 뜬금없는 대답처럼 들릴 수도 있다. 그러나 어김없는 사실이다. 이쯤에서 나는 원래 가야금이 아니라 바이올린을 연주하던 사람이라고 얘길 보태면 내가 가야금을 선택한 이유가 더더욱 난데없이 들린다. 바이올린과 가야금만 놓고 보면 그 어디에서도 그 어떤 상관관계도 연상되지 않

어릴 때 한복 입고

기 때문이다. 그럼에도 나는 가야금을 선택했다. 어쩌면 지난 시간과는 아무런 상관도 없는, 개연성도 없고 특별한 이유도 없는 뜬금없는 선택을 하게 되는 것도 인생 아닐까. 그 어떤 것도 예측하거나 예단할 수 없는 것이 인생의 또 다른 묘미일 테니 말이다.

친구 따라 강남 간다던가. 맹학교 다니던 시절 가장 친했던 친구가 바이올린을 했다. 바이올린을 배우는 친구를 따라 나도 바이올린을 함께 배웠다. 그땐 그저 취미 그 이상도 이하도 아니었다. 그냥 친구와 함께하는 게 재미있어서 친구를 따라다녔을 뿐이다. 그런데 가르쳐 주시는 레슨 선생님이 보시기엔 내가 바이올린에 꽤 재능이 있어 보였나 보다. 선생님이 엄마에게 '내게 바이올린을 전공하도록' 권유하셨다. 그 당시 엄마 생각에는 바이올린이 앞으로 내 생계에 도움이 되겠다는 판단이 드셨나 보다. 내가 다니던 한빛맹학교에는 예술단이 있었는데 예술단에 들어가면 그래도 내 밥벌이는 할 수 있지 않겠나 생각을 하신 거다.

정말 뭣 모르고 바이올린을 취미가 아닌 전공으로 배우는 데까지 얼렁뚱땅 떠밀려갔다. 그러나 친구 따라가는 재미도, 취미로 배우는 재미도 딱 거기까지였다. 어느 순간 점점 바이올린이 흥미 없어지기 시작했다. '바이올린을 전공'한다고 생각하니 더더욱 재미가 없어지기 시작했다. 뭔가 내 길이 아닌데 억지로 등 떠밀려서 알 수 없는 곳으로 가고 있는 느낌이 들었다.

'지금도 이렇게 재미가 없는데 그 재미없는 바이올린을 평생 해야 한다고?'

이런 생각에 이르니 어쩐지 뭔가 잘못된 길로 가고 있는 느낌이 들었다. 얼른 바이올린을 그만둘 다른 길을 찾아야 한다고 생각했다. 다른 길을 찾고 그에 대한 전략을 철저히 짜 놓은 다음 부모님께 말씀드려야겠다고 나름의 궁리를 했다. 그렇다면 얼른 바이올린 말고 다른 대안을 찾아야 할 텐데 딱히 떠오르는 것이 아무것도 없었다. 바이올린이 싫으니 일단 바이올린처럼 활을 써서 연주하는 악기는 몽땅 다 싫었다. 활로 연주하는 악기 우선 제외! 그다음 가장 중요한 선택의 기준이 되어 준 것이 바로 한복이었다.

나는 왜 그렇게 한복이 좋았을까? 샤라락, 한복의 옷감이 주는 그 질감과 느낌도 너무나 좋고 차름하게 떨어지는 고운 어깨선이며 구름처럼 몽실해지는 치마며 내겐 세상에서 가장 아름다운 옷이 한복이다. 어릴 때부터 얼마나 한복을 좋아했는지 명절 때마다 부모님께 한복을 입겠다고 조르곤 했다. 다른 친척 아이들은 아무도 한복을 안 입는데 유독 나만 한복을 입겠다고 떼를 쓴 것이다. 그렇게 한복을 한 번 입으면 좀처럼 벗으려고 들지도 않았다. 내 한복 사랑이 그렇게 유난했던 이유는 어쩌면 어릴 적 많이 본 사극 때문인지도 모른다. 사극에서 예쁜 비단 한복을 입고 나오는 사람들은 공주님이나 중전마마처럼 뭔가 특별한 사람들이 많았다. 그래서인지 한복을 입으면 나도 뭔가 특별한 사람이 된 것

초등학생 때

같은 느낌이 들었다. 아마도 나는 내가 아닌 다른 사람으로 변신하는 듯한 그 느낌이 좋았던 것 같다. 또 내가 워낙 한복 입는 걸 좋아해서 그런지 사람들도 내게 한복이 참 잘 어울린다는 말을 많이 해 주고는 했다. 내 맘에도 쏙 드는데 사람들한테 예쁘다는 칭찬까지 더해지니 더더욱 한복 입기를 즐겨하게 되었는지도 모르겠다.

'그래, 한복을 입고 연주할 수 있는 악기로 하자!'

마치 무슨 계시처럼 그런 생각이 들었다. 그렇다면 한복을 입고 연주할 수 있는 악기들은 국악기일 텐데? 그럼 활로 연주해야 하는 아쟁이나 해금은 빼고 뭐가 있을까… 이런 고민은 수업 시간까지 이어지기도 했다. 특히 중학교 컴퓨터 수업 때 선생님이 주시던 10분의 자유 시간 덕분에 맘껏 국악을 검색해 볼 수가 있었다. 국악 이외에도 여러 음악을 찾아보며 고민하다가 우연히 가야금 연주를 듣게 되었다.

"아, 이거다!"

연주자의 손끝에서 영롱한 이슬처럼 아름답게 부서져 내리는 듯한 가야금 연주가 내겐 마치 운명의 소리처럼 들렸다. 세상 어디에 그렇게 아름답고 맑은 소리가 있을까. 내가 바로 그 아름답고 맑은 소리를 전하는 연주자가 되고 싶었다.

'지금껏 해 오던 바이올린을 버리고 느닷없이 가야금 연주자가 되겠다는 말을 부모님에게 어떻게 꺼내 놓아야 하지?'

가야금 소리에 빠진 그 순간부터 가야금 연주자가 되고 싶다는 욕망에 맹렬하게 사로잡힌 내겐 오로지 그 생각만 들었다. 그때부터 부모님을 설득할 논리를 고안해 내느라 머리도 가슴도 뜨거워지기 시작했다.

바이올린과 헤어지고 싶어요

...

"여태 한번도 만져 본 적도 없는 가야금을 하겠다구? 네가?"

그간 해 오던 바이올린을 그만두고 가야금을 하겠다고 부모님께 말씀드리니 아니나 다를까 예상했던 반응이 나왔다. 그동안 4년 넘게 들인 바이올린 레슨비며 부모님이 쏟아부은 수고를 모두 헛된 것으로 만들어 버리는 선언이었을 테니 말이다. 레슨비도 레슨비지만 내가 바이올린을 하는 데 들인 부모님의 수고는 돈으로 매길 수 없는 특별한 것이었다.

지하철로 다녀야 하는 레슨에 늘 부모님이 번갈아 가며 동행해 주셨고, 평일 저녁에는 엄마가 매일같이 내가 있는 서울 기숙사까지 오셔서 내 바이올린 연습을 챙겨 주셨다. 부모님 맘 같아선 내가 장래에 예술단이라도 들어가서 밥 벌어 먹고살려면 열심히 해야 하는데 내가 바이올린을 게을리하니 조바심이 나셨나 보다. 집이 있는 경기도 양주에서부터 기숙사가 있는 서울까지 그 먼 길

바이올린 시절

을 버스를 타고 오가시며 내 연습을 챙긴 것이다. 그게 다 소용없는 일이었다고 내가 선언을 한 셈이다. 그도 그럴 것이 내가 다니던 맹학교에서는 그때까지 단 한 명도 국악을 전공하는 사람이 없었기 때문에 부모님에겐 더 막연하게 느껴지셨을 것이다. 앞이 잘 안 보이는 내가 과연 국악기 연주가 가능한지조차 알 수 없을 뿐더러 한번 본 적도 없는 가야금을 어디서 어떻게 배워야 하는지조차 아무런 정보가 없으니 부모님으로선 걱정부터 앞서는 게 당연했다.

그러나 내가 충분히 예상한 반응이기도 했고 부모님을 설득할 나름의 계획을 다 세워 놓았기 때문에 전혀 당황하지 않았다. 부모님의 반대가 아무리 강하더라도 물러서지 않고 내 선택과 결정에 대해 말씀드릴 자신이 있었다.

"좋아하지도 않고 잘할 자신도 없는 바이올린을 이대로 계속하는 건 내게 너무 시간 낭비 아닐까? 근데 나 가야금이라면 정말 열심히 해 볼 수 있을 거 같아. 나 한 번만 믿어 줘. 정말 정말 열심히 할게. 열심히 해서 가야금으로 예고도 가고 좋은 대학도 갈게, 응? 한 번만 믿어 줘, 제발!"

처음엔 반대하셨지만 결국 부모님은 나를 믿어 주셨다. 지금 생각해도 나는 무슨 근거로 그렇게 확신에 찬 말들을 할 수 있었던 걸까. 가야금 한번 직접 본 적도 없고 만져 본 적도 없으면서 보이지도 않는 내가 어떻게 연주할 수 있을 거라고 믿어 의심치 않

부모님과 함께

을 수가 있었는지. 아무리 생각해도 '대책 없는 철부지'였다. 대책도 없고 근거도 없는 나의 확신을 부모님은 무슨 맘으로 또 믿어 주신 건지 지금 돌이켜 보니 새삼 감사한 마음이 든다. 그 믿음과 뒷받침이 없었다면 지금의 나는 없었을지도 모르니까. 어쨌든 대책도 없고 근거도 없는 우리 가족의 믿음을 근거로 나는 드디어 바이올린을 떠나보내고 가야금을 선택할 수 있었다.

이제 가야금을 배우기만 하면 되는데 가야금은 대체 어디서 어떻게 배워야 하는 건지 새롭게 헤매야 할 일이 남았다. 이제 헤매는 길엔 부모님도 함께였다. 처음엔 기초부터 가야금을 배울 학원을 알아보니 내가 갈 수 있는 학원이 마땅하질 않았다. 학원은 대부분 단체 수업 위주로 이루어지다 보니 앞이 보이지 않는데 기초마저 전무한 내가 단체 수업을 따라가기에는 거의 무리였다. 아주 기초부터 시작해야 하는 내겐 1대 1 레슨이 필요한데 학원은 알아보니 〈아리랑〉 하나 가야금으로 연주하는 걸 배우는 데만도 거의 3개월이 걸린다고 했다. 곧 중3이 되니 내가 계획했던 예고를 가기 위해서는 시간을 초 단위로 써도 모자랄 텐데 〈아리랑〉 한 곡에 3개월이 걸리는 레슨이라니 학원 레슨은 도저히 안 되겠다 싶었다. 개인적으로 레슨을 전담해 줄 선생님을 찾아야 했다.

"판소리 가르쳐 주시는 선생님 친구분 중에 혹시 가야금을 가르쳐 줄 수 있는 선생님이 계시면 소개시켜 줄 수 있을까요?"

학교 후배 중에 취미로 판소리를 배우는 친구가 있었는데 급한 마음에 엄마가 그 후배 어머님에게 부탁을 드렸다. 궁하면 통한다고 했던가. 마침 판소리를 배우는 친구와의 인연 덕분에 어렵지 않게 바로 가야금 선생님을 소개받을 수 있었다.

생각보다 그리 어렵지 않게 바이올린을 놓을 수 있었고 또 마치 모든 것이 나를 위해 준비되어 있었던 것처럼 나를 가야금의 세계로 안내해 줄 가야금 선생님도 만났다. 이제 목표를 향해 전력질주하는 일만 남았다. 목표는 가야금으로 예고에 가는 것! 중2도 거의 끝나가고 곧 중3이 되는 길목에서 내게 남아 있는 시간은 고작 1년 남짓의 시간뿐이었다.

시간이 부족하니 성큼성큼 쭉쭉쭉 배워 나가면 좋으련만 처음 가야금을 배울 땐 고작 줄을 뜯는 것만 했다. 어떤 한 곡을 연주하는 것도 아니고 그냥 줄을 뜯는 기본기만 3시간 이상 계속할 때도 있었다. 손에 물집이 잡히고 피가 나면서도 아픈 줄도 모르고 재미있게 했었다.

"선생님, 제가 이렇게 했는데 이거 맞나요?"

선생님께 수시로 사진을 찍어서 보내며 묻고 묻고 또 묻고. 연습하다가 가야금 줄이 끊어졌는데도 줄을 잇는 방법도 모를 때라 줄이 끊어진 채로 선생님이 오실 때까지 손에 피가 나도록 연습했던 그 열정이 어디서 나왔는지. 호기롭게 예고에 가겠다고 부모님께 선언하고 허락받은 일이니 아무리 힘들어도 물러설 곳은 없었다.

한번 본 적도 만져 본 적도 없는 가야금을 막상 시작해 보니 단순히 12줄 가야금만 하면 되는 것도 아니었다.

"우와, 18현 가야금도 있고 25현 가야금도 있었구나!"

처음으로 만져 보는 신세계의 악기를 무릎 위에 얹어 놓고 미지의 길을 헤매듯 허위허위 손을 저으며 새로운 소리, 새로운 감각을 온몸으로 익히는 일은 막연한 미로를 헤매는 일 같았다.

내게 남은 시간은 1년, 나는 과연 예고에 갈 수 있을까.

국악예고 입학, 최초의 벽을 허물다

...

사실 힘들게 예고에 가지 않더라도 가야금은 계속할 수 있었을 것이다. 그냥 일반 고등학교에 다니며 공부와 병행하면서 대학에 들어가 가야금을 전공해도 그렇게 나쁜 선택은 아니었을 것이다. 그러나 대학교에 가기 전에 미리 예고에서 배우는 편이 훨씬 장점이 많을 것 같았다. 예를 들어 합주 같은 경우, 예고에서 미리 해 보면 대학에서 훨씬 적응이 빠를 텐데 그렇지 않고 일반 고등학교에 다니면서 가야금 독주만 하다가 대학에 가서야 합주를 하려고 하면 다른 친구들을 따라가는 데 훨씬 어려움이 있을 것이었다. 또 예고에 다니면 시창청음이나 국악 장단 등 일반 학교에서는 배울 수 없는 국악 전반에 대한 지식을 1학년 때부터 3년 내내 배우고 익히는데, 일반 고등학교에 다니면 대학에 가서야 이론을 처음 배우게 될 테니 예고 출신인 친구들보다 훨씬 뒤처지게 될 것이 뻔했다. 안 그래도 가야금을 늦게 시작했는데 기왕이면 늦어진 그 속도를 빠르게 만회하고 싶었다. 게다가 예고에 가면 나와 함께 같은 길을 가는 친구들과 인연을 맺을 수 있으니 그 또한 내가 가는 길에 좋은 자양분이 되어 줄 것이라는 계산도 들었다.

한 치도 물러날 수 없는 길, 정말 죽어라 열심히 앞만 보고 달리는 길밖엔 다른 방법이 없었다. 악보를 보면서 연주할 수 없으니 선생님이 연주해 주시는 음을 한 소절 한 소절 집중해서 듣고 외워야만 한다. 사실 피아노 같은 경우는 살짝 손가락으로 훑으면서 음자리를 찾아도 되는데 가야금은 그럴 수가 없다. 피아노는 건반을 손가락으로 눌러야 소리가 나지만 가야금은 그냥 쓱 훑는 자체로도 소리가 나 버리기 때문이다. 그야말로 감각으로만 연주해야 하기 때문에 철저히 연습해서 몸으로 익히는 방법 외엔 정도가 없었다.

"국악예고엘 가겠다구? 국악예고는 지금까지 한 번도 장애인이 들어갔던 사례가 없어서 아마 어려울 거야. 지금까지 맹학교에서만 공부하다가 예고 가서 비장애인 학생들이랑 공부하려면 일반 학교니까 수업 자체도 다를 거고. 그럼 넌 분명히 적응 못해서 돌아오게 될 거야."

내가 국악예고에 가겠다고 하니 맹학교 선생님들은 이런 말로 나를 많이 말리셨다. 내가 힘들까 봐 좀 편안하고 무난한 선택을 하길 바라서 하신 말씀이겠지만 격려와 지지는 못해 주실망정 그렇게 힘을 빼는 말씀을 하시다니. 낙담하고 힘이 빠지기는커녕

슬쩍 오기마저 생겼다.

'그래, 어디 내가 돌아가나 봐라! 난 절대 안 돌아간다!'

속으로 불끈 다짐하며 그럴수록 내 안에 예고를 향한 열망은 더 뜨거워졌다.

"맹학교 다니는 걸로 알고 있는데 여기보다는 거기가 시설이 더 좋지 않나요? 그러니 그냥 맹학교에 다니시는 게 더 낫지 않으시 겠어요? 이 학교에 오면 많이 힘들 텐데 굳이 왜 이렇게 힘든 학교를 오려고 하세요?"

맥빠지는 반응은 맹학교 선생님들뿐만이 아니었다. 예고에 원서를 내기 위해 아빠가 처음 학교를 방문하셨을 때 아빠는 교장 선생님께 이런 말을 들어야 했단다.

아빠는 누구보다 내가 예고에 가서 교복을 입은 모습을 보고 싶어 하셨다. 내가 다닌 맹학교는 특수학교라서 교복이 없었는데 주변의 다른 일반 학교에 다니는 아이들이 교복을 입고 있는 모습을 보며 아빠는 속으로 우리 딸도 저렇게 교복 입고 다니면 좋겠다는 바람이 있었다고 한다. 곧 예고에 입학해서 딸의 교복을 입은 모습을 상상하며 설렜을 텐데 학교에서 그런 반응을 보이니 아빠가 많이 속상했을만도 하다.

그도 그럴 것이 그 학교는 그때까지 한 번도 장애 학생을 받아 본 적이 없었다. 장애 학생에 대한 편의시설도 갖추어지지 않았을 뿐더러 선생님들조차 장애 학생을 어떻게 도와줘야 하는지 전혀

알지 못했던 상황이었기 때문에 장애 학생인 내가 첫 학생으로 그 학교에 지원하겠다고 했을 때 학교 측에서도 많이 당황했을 것이다.

그러나 견고하고 두꺼운 편견의 벽을 뚫는데 그 정도의 난관쯤이야. 드디어 나는 '국립전통예술고등학교'에 입학하는 '최초의' 장애인 학생이 되었다. 가야금을 시작하며 부모님과 다짐한 첫 약속을 당당히 이룬 것이다.

하지만 입학하면서 또 하나의 난관이 있었으니 그것은 기숙사 때문이었다. 학교에서 집이 멀다 보니 기숙사에서 지내려고 했는데 그럴 수가 없었다. 장애 학생이 처음이다 보니 다치거나 안전상의 문제가 우려되어 학교가 내 기숙사 입주를 허락하지 않았기 때문이다. 기숙사에서 지낼 수가 없으니 할 수 없이 학교 가까운 곳으로 또 이사를 해야만 했다. 바이올린 때문에 양주에서 수유로 이사한 지 얼마 되지도 않았는데 수유에서 금천으로 또다시 이사를 해야 했던 것이다. 맹모삼천지교가 따로 없다.

적은 돈으로 이사할 집을 구하기가 쉽지 않았는데 신기하게도 예고 합격 후 얼마 되지 않아 딱 12월에 집이 하나 저렴하게 나왔다. 감사하게도 정말 좋은 할머니 할아버지가 집주인이셔서 원래 내놓은 가격보다도 훨씬 싸게 집을 내주셨다. 마치 톱니바퀴가 맞물리듯이 모든 일이 딱 맞아떨어지는 것 같았다.

중학생 때

"우리 집에 살았던 사람들은 다 좋은 일 생겨서 나가요."

집을 내주시며 거기 집주인 할머니 할아버지가 이렇게 말씀하셨다. 놀랍게도 그 말씀은 마치 축복의 주문처럼 이루어졌다. 그 집에 살면서 내가 서울대에 합격한 것이다. 가야금이 아니었다면 꿈도 꿔 보지 못했을 일이다. 가야금이 나를 그렇게 설레고 멋진 곳으로 인도해 주었다. 가야금은 내게 너무 멋진 운명이었다!

'그래, 그 학교에 첫 발자국을 남기는 최초의 장애 학생으로서 나는 아주 멋진 흔적을 남길 거야. 정말 열심히 공부해서 마지막에 졸업할 땐 우수상, 모범상, 개근상을 다 휩쓰는 학생이 돼 버릴 거야!'

합격의 기쁨에 한껏 부푼 나는 속으로 나 자신과 그렇게 약속했다. 그 약속 과연 이루어졌을까?

첫 발자국을 내면서 걷기

...

나는 선천적으로 각막이 손상된 채 태어났다. 딸에게 시력을 되찾아 주고픈 부모님의 간절함 덕분에 다행히 생후 7개월 만에 신생아 각막을 기증받아 이식 수술을 받을 수 있었다.

그러나 이식 후 왼쪽 눈엔 거부반응이 나타나 실패했고, 오른쪽 눈만 미미하게 생긴 시력으로 시각장애 2급 판정을 받았다. 한쪽 눈만 흐릿하고 좁은 시야로 형체 정도만 파악하는 시력이다.

시각장애인이라고 하면 대개 사람들은 나도 점자를 사용하는 줄 안다. 그러나 나는 점자를 읽지 않는다. 점자를 읽을 수는 있지만 큰 글씨를 읽는 것보다 속도도 느릴 뿐더러 가야금을 하고부터는 손가락에 굳은살이 생겨 버려서 점자가 잘 읽히지 않기 때문이다. 그래서 나에게 필요한 것은 점자가 아니라 큰 글씨다.

맹학교 다니는 동안은 점자든 큰 글씨든 내 장애에 맞게 필요한 것들을 제공받으며 불편함 없이 공부할 수 있었다. 그런데 익숙한 환경을 떠나 일반 학교로 가면 많은 것들을 새로 적응해야

아기 때

할 것이었다. 국악예고 입학이라는 꿈이 이루어지자 문득 꿈에서 현실로 돌아온 기분이 들었다.

새로운 환경에서 공부도 공부지만 무엇보다 걱정스러운 것은 새로 만날 친구들이었다. 예고에 입학하기 전까지 나는 한 번도 비장애인 친구들과 지내 본 적이 없었기 때문이다. 일곱 살부터 열여섯 살까지 거의 10년에 가까운 시간 동안 맹학교에서 같은 처지의 친구들과만 지내 왔기 때문에 과연 비장애인 친구들과 잘지낼 수 있을지 두려운 마음이 들기도 했다. 뉴스나 드라마를 보면 장애 학생이 괴롭힘이나 왕따를 당하는 경우도 많던데 혹시 나도 그러면 어쩌나, 학교에 가기도 전에 미리부터 온갖 걱정이 꼬리에 꼬리를 물었다.

막상 학교에 가 보니 그동안의 내 걱정은 모두 쓸데없는 기우에 불과했다. 스스럼없이 나를 대해 주는 착한 친구들 덕분에 일반 학교에서의 첫 학교생활에 무난하게 적응할 수가 있었다.

일반 학교에서 가장 힘든 건 역시나 수업. 칠판 가득 판서를 하면서 설명을 빠르게 하시는 선생님들의 일반적인 수업 방식은 내가 따라가기엔 너무 버거웠다. 그래서 언제나 수업 시간은 초긴장의 연속이었다. 아무리 칠판 가까운 맨 앞자리에 앉아도 칠판은 보이지 않았고 교과서도 내겐 보이지 않는 종이 뭉치에 불과했다.

교과서는 어쩔 수 없다 쳐도 수업 시간에 선생님들이 따로 나눠 주시는 수업 자료마저 읽을 수 없다면 그건 좀 다른 문제였다. 처음 수업 때는 선생님이 나눠 주신 수업 자료를 받아들고 난감하지 않을 수 없었다. 확대 복사된 자료가 아니라 다른 아이들과 똑같은 수업 자료를 주셨기 때문이다. 그럴 땐 평등하지 않아도 되는데. 선생님이 배려가 없으셔서가 아니라 나를 잘 모르셔서 일어난 상황이니 마음이 상하지는 않았지만 빠른 대처가 필요했다.

"선생님, 혹시 확대 복사를 해 주실 수 있나요?"
나는 확대 복사된 자료가 따로 필요한 나의 상황을 선생님께 머뭇거리지 않고 말씀드렸다. 그 이후 선생님들은 수업 자료를 나눠 주실 때 나를 위해 확대 복사된 자료를 따로 마련해 주셨다. 그럴 때는 혼자 마음 상하기보다 필요한 걸 적극적으로 요청하는 것이 훨씬 합리적이란 사실을 새로운 환경에서 배웠다.
초반에는 나를 위한 확대 교과서를 학교가 미처 마련하지 못했지만 2학년 때부터는 확대 교과서도 제공해 주어서 확대 교과서로 공부할 수 있었다. 함께 공부하면서 학교도 선생님도 다른 비장애인 친구들도, 그리고 나도 서로 조금씩 맞춰 가고 바꿔 가는 시간이었다.
수업 시간에 칠판이 안 보이지만 그래도 항상 맨 앞자리에 앉아 선생님 목소리에 초집중했다. 그러나 수업이 끝나면 필기하지 못한 칠판 내용과 미처 받아 적지 못한 내용이 많았다. 그래서 늘 쉬는 시간을 반납하고 쉬는 시간마다 친구들 사이를 돌아다니면

예고 때 친구들과

예고 졸업

서 친구들의 노트를 보며 미처 적지 못한 내용을 베끼곤 했다.

"보경아, 이거 노트에 얼른 필기해."

내가 노트를 빌려 달라고 말하기도 전에 이렇게 자기의 노트를 내게 갖다주는 고마운 친구들도 있었다. 깨알처럼 작게 쓴 친구의 글씨가 보이지 않을 때면 친구에게 읽어 달라고 부탁하기도 했다. 그럼 또 친구들은 열심히 자기의 노트를 읽어 주고 나는 열심히 그것을 받아 적으며 노트를 채우기도 했다. 그런 친구들의 도움이 없었더라면 나는 그 버거운 수업을 혼자서는 감당하기 힘겨웠을 것이다.

비장애인 친구들과 함께하는 학교생활은 모든 것이 다 처음이어서 마냥 다 신기하고 재미있기만 했다. 식당에 내려가서 식판을 들고 차례를 기다리는 동안 친구들과 나누는 수다가 그렇게 즐거울 수가 없었다. 식탁에 가만히 앉아 있어도 급식 선생님들이 식판에 음식을 담아다 주셨던 맹학교 때는 미처 느껴 보지 못한 또 다른 즐거움이었다.

"보경아, 안 보이는데 북적이는 식당에서 친구들이랑 같이 먹으려면 힘들 텐데 그냥 선생님들 이용하는 식당에 와서 먹지 않을래?"

혹시라도 내가 힘들까 봐 걱정하는 마음으로 선생님이 이런 제안도 하셨지만 나는 고민 없이 친구들과 먹는 것을 선택했다. 몸은 좀 힘들더라도 친구들과 함께 있는 것이 훨씬 좋았다. 덕분에 친구들과 함께한 학창 시절 점심시간의 기억이 내게 좋은 추억으로 남았다.

급식 이외에도 선생님들은 여러 가지로 나를 배려해 주시려고 마음을 써 주셨다. 그러나 나는 대부분 특별대우보다 친구들과 똑같이 어울리는 쪽을 선택했다. 웬만하면 친구들과 거리를 두지 않는 게 좋을 것 같았다. 선생님 입장에서는 당연한 배려지만 다른 친구들 입장에서는 나만 편애하는 것처럼 오해할 수도 있을 것 같아서였다.

맹학교에서는 해 보지 못했던 축제나 큰 운동회 등에도 적극적으로 참여했다. 특히 1학년 축제 때는 여러 개의 레크레이션 부스 중에서 내가 귀신의 집 부스를 담당하기도 했다. 정말 재미있었다. 다양한 활동들을 친구들과 적극적으로 함께하면서 쌓은 우정은 내겐 공부만큼이나 값진 것이었다. 나와 친구들은 서로 다르지만 어쩌면 '국악'이라는 같은 길을 함께 가는 동지애 같은 것이 우리를 더 끈끈하게 묶었는지도 모르겠다.

"눈길 함부로 걷지 마라. 다른 사람의 이정표가 될 테니."
어느 선인의 말씀처럼 국악예고 최초 장애인 학생으로서 앞으로 후배 장애 학생들을 위해 좋은 이정표가 되고 싶었다. 그래서 정말 열심히 그 '최초'의 무게를 감당하기 위해 노력했고 나와 함께한 3년 동안 학교에도 여러 변화가 생겨났다.

예고 졸업 때 받은 상들

앞으로 또 다른 장애 학생이 온다면 이제 학교는 염려보다는 기꺼이 환영할 준비가 되었을 것이다. 그런 보람과 기대가 새롭게 내딛는 나의 또 다른 도전에 힘찬 기운을 불어넣어 주었다.

　졸업할 때 꼭 우수상, 모범상, 개근상을 다 받을 거라던 약속은? 물론 나는 스스로와의 약속을 또다시 지켜 냈다.

　처음엔 '굳이 왜 우리 학교에 오려고 하느냐?'고 염려 아닌 염려를 해서 아빠를 속상하게 만들었던 교장 선생님도 나를 자랑스러워하시게 되었다.

서울대 국악과, 다시 최초의 길을 내다

...

예고 입학은 내게 막연한 꿈이 아니었다. 바이올린을 버리면서 부모님을 설득하기 위해 구체적으로 마음속에 그린 명확한 계획이고 약속이었다. 그러나 서울대에 가는 일은 달랐다. 분명한 계획이었다기보다는 그저 한 번쯤 가져 보는 막연하고도 먼 꿈이었다고나 할까. 어쩌면 감히 꿈꿔 보지도 못했는지 모른다. 그런데 내가 서울대학에 가다니! 가야금은 역시 내게 행운을 가져다 준 인생 최고의 선택이고 운명이었다.

서양음악은 음표로 완벽한 악보를 만들 수 있지만 국악은 음을 떤다거나 하는 기교와 정간보는 점자로 표현할 수 없어서 공부하기가 무척 힘들었다. 한 곡을 연주하기 위해서는 먼저 연주를 많이 들어 귀에 익힌 후 악보를 오른쪽 눈에 가까이 대고 하나하나 확인한다. 그런 다음 그것을 모두 외워서 연주를 한다. 장애가 없는 다른 사람들보다는 몇 십 배 힘든 과정을 거쳐야만 하는 것이다.

그렇게 힘든 과정을 거쳐 예고에서의 3년이 빠르게 지나가고 2017년 어느덧 나도 고3이 되었다. 고3 수험생들이 다 그렇듯 나도 내가 원하는 대학에 합격해서 가야금을 더 깊이 배우고 익히는 연주자가 되고 싶었다.

음악대학에 입학하기 위해서는 지정곡들을 연주하는 것 외에도 초견이라는 시험을 따로 봐야 한다.

초견은 시험을 위해 새로 작곡한 악보를 주고 즉석에서 연주하는 시험이라서 시각장애 학생에게는 불가능한 시험이다. 그렇기 때문에 초견의 여부가 내겐 가장 중요한 조건일 수밖에 없었다.

정확한 입학전형을 알아보기 위해 한예종(한국예술종합학교), 중앙대학교, 서울대학교 등에 먼저 메일로 입학시험에 있는 '초견'에 대한 문의를 했다. 그런데 한예종은 아예 답변 자체가 없었고, 중앙대에서는 점자 악보를 만들어 주겠다고 나름 적극적인 답변을 주었다. 하지만 악보를 점자로 만들어 준다고 해도 손으로 연주를 하면서 동시에 손으로 점자를 읽을 수는 없는 노릇이었다.

"서울대학교는 장애인 특별전형에 초견이 없습니다."

서울대에서는 교수님께서 직접 연락을 주신 덕분에 수시가 아닌 정시에 국악 특별전형이 있다는 것을 알게 되었다. 내겐 선택의 여지가 없는 유일한 통로 같았다. 나는 서울대학교에 원서를 냈고 내신과 생기부의 비중으로 초견 시험을 대체할 수 있었다.

서울대 졸업

서울대 졸업

그리하여 드디어 나는 2018년 서울대학교에 입학할 수 있었다. 장애인으로서는 서울대학교 음악대학 국악과에 입학한 최초의 학생이 되었다. '최초'라는 무거운 타이틀을 또다시 짊어지게 된 것이다.

의도치 않게 계속 '최초'를 기록하며 서울대학교 학생이 되자 사람들의 기대치도 커졌다. 사람들의 기대치만큼 잘하고 싶은 욕심 또한 커져서 그 욕심 때문에 힘든 날들도 많았다.

가야금은 산조(12현), 정악(12현), 18현, 25현 가야금이 있어서 연주가 여간 복잡한 것이 아니다. 다른 연주자들은 관현악이나 정악 합주를 할 때 보면대에 악보를 올려놓고 보면서 연주를 하지만, 보이지 않는 나는 그렇게 할 수 없기 때문에 악보를 완벽하게 암기하지 않으면 연주가 불가능하다. 절대음감을 가지고 태어난 천재였다면 좀 더 수월할 수 있었을까.

하지만 절대음감을 가지고 태어난 천재가 아닌지라 오로지 노력만으로 재능을 넘어서야만 했다. 그동안 쌓인 내 실력은 어쩌면 스파르타식으로 나를 단련시켜 주신 선생님의 훈련과 우직하게 그것을 따른 내 노력 덕분이다.

그러나 세상엔 노력만으로는 넘어설 수 없는 벽도 있는 법이다. 내겐 바로 관현악 수업이 그랬다. 다른 수업 같은 경우 미리 암기해서 갈 수 있는 시간이 있었지만, 매주 바뀌는 관현악곡을 미리

다 외워서 수업에 들어간다는 것은 솔직히 무리였다. 거기다 관현악은 가야금이 주 선율을 끌고 가기보단 반주의 역할이 크기 때문에 한 곡을 암기하는 것도 쉬운 일이 아니었다. 1학년 때는 완벽하게 해내고 싶은 욕심이 강해서였을까, 매주 바뀌는 곡을 다 외우려고 많은 시간을 거기에 쏟아부었다.

하지만 관현악 악보를 외우느라 다른 수업에까지 차질이 생기게 되었고, 결국 나는 욕심을 내려놓을 수밖에 없었다. 교수님께 상황을 말씀드리고 앞으로는 정기 연주회에 필요한 곡들만 외우기로 했다.

그러나 수업 시간마다 가만히 악기 앞에 앉아 친구들의 연주만 듣고 있는 것은 생각보다 괴로운 일이었다. 분명 수업을 같이 듣고 있는데도 왠지 혼자 남겨진 기분이 들었다.

"나도 악보를 보면서 연주를 바로바로 할 수 있으면 얼마나 좋을까."

답답함과 절망이 뒤섞여 나를 작아지게 만들었고, 그러지 않으려고 해도 조급한 마음에 여러 날 동안 잠을 설쳤다.

'안 되는 거 나도 알고 교수님들도 이해하시는데 굳이 나 혼자 꾸역꾸역 모든 걸 다 해내려고 너무 애쓰지 말자. 할 수 있는 만큼만 하면 되지!'

그러다 어느 순간 이런 마음이 들면서 자연스럽게 마음이 비워졌다. 포기가 때로는 뒷걸음이 아니라 앞으로 더 나아가게 하는 용기가 될 수 있다는 것을, 노력도 무용지물이 되는 순간 깨달았다.

'최초'라는 무게는 대학 때도 역시 힘들었다.

그러나 진지하고 성실하게 감당하려고 노력했고 멋진 발자국을 만들고 싶어서 최선을 다했다.

330의 추억

...

330이라는 숫자는 내겐 참 특별한 숫자다. 대학 시절 가장 많은 시간을 보내던 연습실 번호가 330이었기 때문이다.

내가 다니던 서울대학교 연습실에는 각각 번호가 붙어 있었는데 그중 330 연습실은 나와 지수의 주요 아지트였다. 다른 연습실들은 방도 좁고, 피아노까지 있어서 큰 악기가 들어가 연습할 수 있는 환경이 아니었다. 그에 비해 330 연습실은 비교적 넓은 방에 피아노도 없고 소파만 놓여 있었기 때문에 큰 악기를 가지고 들어가 연습하기 수월했다. 그래서인지 국악기 중 가장 큰 악기를 전공하고 있던 지수는 거의 매일 330에서 연습을 했고, 나도 지수를 만나기 위해 자주 그 연습실에 가곤 했다.

지수와 내가 처음부터 그렇게 친했던 것은 아니다. 나는 새내기 배움터, 일명 새터에서 지수를 처음 만났다. 지수는 새터에서 주로 주은이라는 친구와 함께 다녔는데, 옆에서 친구를 언니처럼 챙겨주는 지수의 모습을 보면서 참 조용하고 어른스러운 친구라고 생각했다. 강렬한 첫인상은 아니었지만, 그런 지수와 친해지고 싶다는 생각이 들었다.

새터에 다녀온 후 1학년 1학기 수업이 시작되면서 같은 전공 친구들과 붙어 있는 시간이 많아지다 보니, 주은이와는 자연스레 친구가 되었다. 주은이를 따라 나도 330 연습실에 자주 가게 되었다. 그러면서 주은이의 친구였던 지수까지 3명이 같이 만나는 일이 많아졌다.

어느 날 핸드폰 배터리가 없어서 친구들에게 충전기를 빌리려고 했는데 공교롭게도 지수와 나만 삼성 핸드폰을 사용하고 있던 것이다. 그것도 나와 친구의 인연이 되려고 그랬을까. 그러다 보니 지수에게 자주 보조배터리를 빌리게 되었고, 수업 시간마다 옆에 앉게 되었다. 그 후로 나는 어느새 주은이 없이도 지수와 단둘이 만나는 것이 어색하지 않게 되었다.

시간이 날 때면 330에 가서 지수가 연습하는 모습을 구경하거나 함께 수다를 떨었다. 특별한 것을 하지는 않았지만, 소소한 그 일상이 나에게는 너무나 행복하고 소중한 시간이었다. 330에서 지수와 많은 이야기를 나누며 우리는 더욱 가까워졌고, 서로의 생일을 챙기는 사이가 되었다. 함께 카페를 가거나 밥을 먹거나 따로 약속을 잡고 놀러 가는 등 330을 벗어나서도 우리의 우정은 이어졌다. 그렇게 지수와 함께하는 시간이 쌓일수록 추억도 점점 늘어 갔다.

330 연습실은 지수와 함께한 즐거운 추억들이 고스란히 쌓여 있는 소중한 휴식처다. 그런데 지수가 졸업을 하고 나만 남겨진 330 연습실은 너무 썰렁하고 허전했다. 지수를 비롯한 다른 친구들은 모두 4년 만에 졸업해서 학교를 떠났지만 나는 관현맹인예술단에서 일과 학업을 병행하느라 졸업을 1년 미뤄야 했기 때문이다.

330 연습실은 항상 우리의 아지트였는데 연습실에 가도 함께했던 친구들도 없고 무엇보다 지수가 없다는 사실이 허전하고 힘들었다. 혼자 330 연습실의 문을 열고 들어서면 어쩐지 지수가 아쟁과 함께 나를 맞아 줄 것만 같은데 텅 빈 자리를 확인하고 나면 어쩐지 더 쓸쓸한 기분이 들곤 했다.

그 무렵 지수를 비롯해 졸업한 친구들은 거의 대학원에 입학했다. 친한 친구들이 모두 교육대학원을 다니니까 나 혼자 직장인이라는 사실에 뭔가 동떨어진 느낌이 들기도 했다. 친구들에 비해 나만 뭔가 뒤처지고 있는 건 아닐까 하는 생각도 들고 혼자 학교 다니는 게 재미도 없고 싱숭생숭하기도 하고 문득문득 우울해지는 날들도 많았다.

무엇보다 나를 우울하게 만들었던 건 늘 붙어 다녔던 친구와 생활 반경이 달라지니 어쩐지 공통분모도 사라지는 것 같고 서로 멀어지는 기분이 들었다. 서로 각자의 생활에 충실하다 보면 만나는 날도 적어질 테고 그러면서 연락도 뜸해지다 보면 조금씩

친구 지수와 지수 편지

자연스럽게 멀어지겠지 하는 생각에 혼자 서운한 생각도 들었다. 어쩌면 나는 지수와 멀어지고 싶지 않다는 생각에 우리의 추억을 330이라는 연결고리로 묶어 두고 싶었는지도 모르겠다. 그런데 그 연결고리가 이제는 끊어졌다고 생각하니 솔직히 불안한 마음이 들 수밖에 없었다.

그러나 나의 불안과는 달리 지수는 330이라는 연결고리가 없어져도 나를 잊지 않고 계속 찾아 주었다. 나를 언제나 소중한 친구로 기억해 주는 지수 덕분에 우리의 사이는 멀어지긴커녕 전보다 견고하고 단단해질 수 있었다.

지금까지도 지수는 나에게 편지를 써 주는 유일한 사람이다. 지수를 만나기 전까지는 이렇게 편지를 받는 일도 내가 편지를 써 주는 일도 거의 없었다. 누군가를 위해 글을 쓰기 위해서는 생각보다 많은 시간과 정성이 들어간다는 것을 지수에게 편지를 쓰면서 깨달았다. 한 자 한 자 정성 들여 꾹꾹 눌러쓴 지수의 손편지들은 늘 펼쳐 읽을 때마다 그 다정한 말들에 가슴이 따뜻해진다. 편지뿐만 아니라 공연장에 몰래 찾아와서 꽃을 준다거나, 내가 참여하는 행사에 영상 편지 출연을 해 주는 등 지수는 특별한 서프라이즈로 나를 기쁘게 해 주는 경우가 많다. 케이크도 그냥 주는 법이 없이 토퍼까지 야무지게 미리 주문 제작을 해서 케이크 위에 꽂아 주었다. 소소하게 지나가 버리는 날들이 지수로 하여금 빛을 받아 더욱 반짝이는 하루가 되었다.

항상 나의 1호 팬이라며 나를 자랑스럽게 생각해 주고, 내가 힘들 때마다 '분명 너는 잘될 거'라고 용기를 주었던 지수 덕분에 한계에 부딪혀도 자신감을 잃지 않을 수 있었다. 그리고 살아가다 보면 내가 잘하고 있는 건지 내가 가는 길이 맞는 건지 방황하는 순간이 오곤 한다. 그럴 때 나도 나 자신을 믿지 못하는데, '너는 충분히 잘하고 있다!'고 믿음을 주는 지수가 있었기에 길을 잃을 때도 포기하지 않고 앞으로 나아갈 수 있었다.

언제나 한결같은 모습으로 나를 안심시켜 주는 친구, 지수와 함께 간직한 330의 추억은 나에게 늘 새 힘을 북돋아 준다.

그러고 보니 330이라는 숫자의 모양이 마치 3자가 짐을 든 또 다른 3자를 업고 있는 것처럼 보인다.

'친구란 내 슬픔을 등에 지고 가는 사람.'
인디언의 격언이 어쩌면 이렇게 330이란 숫자와 잘 어울릴 수가.

내 마음속에 사는 친구, 민아 이야기

···

　내 가슴에 별이 된 아이가 있다. 민아, 마음속의 영원한 내 동생. 부모님이 동생 있으면 좋겠냐고 물으면 늘 질색하던 내가 민아만큼은 내 친동생이었으면 좋겠다고 생각할 만큼 소중하고 각별한 아이였다.

　민아는 나보다 두 살 어린 아이였다. 집도 가까운 편이었고 학교도 같아서 우리 아빠 차를 타고 같이 학교에 다니게 되었다. 수업이 끝나면 함께 통학버스를 타고 다니면서 우리는 급속도로 친해졌다. 민아를 얼마나 좋아했는지 학교에서 친구들과 놀다가도 민아를 보러 갔고, 같이 듣는 수업이라도 생기면 민아를 찾기 바빴다. 내가 민아를 아끼듯 민아도 나를 많이 의지했다. 민아가 있던 반에는 아픈 친구들이 많았기 때문에 친구들과 소통이 잘 안 되어서 나를 더 좋아했었는지도 모르겠다. 그렇게 붙어 다니고도 또 같이 놀고 싶어서 서로의 집을 오가며 많은 시간을 함께 보냈다.

그러던 어느 날 아빠가 간이식 수술을 하게 되면서 내가 기숙사에 들어가게 되었다. 너무 가기 싫었지만, 어쩔 수 없는 선택이었다. 한빛맹학교 여자 기숙사는 1층, 2층, 3층을 나눠서 관리한다. 어린아이들이 있는 1층은 선생님들이 24시간 상주하고, 초등학교 고학년부터 중학생들이 있는 2층은 선생님들이 아침에 출근하셨다가 밤 9시에 퇴근하신다. 그리고 3층은 고등학생부터 성인까지 있는데 선생님이 방에 함께 계시지 않는다. 나는 열 살인데도 3층에 배치되었다. 1, 2층에 들어갈 수 있는 방이 없었기 때문이다.

기숙사에서의 하루하루는 내게 너무 힘들고 어려웠다. 게다가 룸메이트 언니들은 공부 때문에 밤늦게 오는 날이 많아서 항상 혼자 방을 지켜야 하는 날이 많았다. 그래서 외롭고 힘든 마음에 집에 가고 싶다고 매일 울었던 기억이 난다. 그런 내 곁에 민아가 함께 있어 주었다. 내가 기숙사에 들어가고 몇 개월이 지났을 무렵 민아가 자기도 기숙사에 들어오겠다고 한 것이다. 나는 그 말이 너무 반가웠다. 그럼 민아와 떨어지지 않고 하루종일 놀 수도 있고, 혼자서 방을 지킬 필요도 없을 테니까.

민아와 함께인 기숙사 생활은 한동안은 매우 즐거웠다. 수업이 끝나도 계속 붙어 있을 수 있고, 늦게까지 같이 놀 수 있어서 좋았다. 민아에게 듬직한 언니가 되려고 민아가 오고부터는 집에 가고 싶다고 울지 않았다. 숙제부터 시작해서 씻고 이불을 정리하고 옷 입는 것까지 어린 민아를 도와주었다. 그런데 어느 순간부턴가 그게 점점 버거워지기 시작했다. 나 하나 챙기기도 힘든

데, 민아까지 챙기려니 힘이 들었다. 게다가 민아를 혼자 둘 수 없어서 친구들이나 언니들이 놀자고 할 때마다 거절하게 되니 자연스럽게 친구들과 멀어졌다. 사실 민아는 나 때문에 기숙사에 들어온 건데 이런 상황들이 반복되면서 나도 모르게 민아에게 상처를 주는 날도 있었다. 일부러 도와주지 않고, 혼자 해 보라고 한다거나 민아를 두고 친구들과 놀다 오기도 했다. 그러나 그 모든 일이 이렇게 아픈 후회로 남을 줄이야.

어느 날부터 민아는 아파서 학교에 나오지 않았다. 기숙사에도 올 수 없었다. 전부터 다리가 아프다는 말을 자주 해서 내가 종종 업어 주곤 했었는데 검사 결과 암이라고 했다. 어린 나는 암이 얼마나 무서운 줄도 모르고 치료만 잘 받으면 금세 나아서 다시 즐겁게 놀 수 있을 줄 알았다. 하지만 민아는 상태가 점점 더 나빠졌고 어느새 머리카락도 다 사라진 채 병원에 누워 있게 되었다.

나는 민아를 위해서 종이별과 종이학을 열심히 접었다. 민아에게 접은 종이학과 종이별을 유리병에 담아 준 적이 있는데 민아가 그걸 너무 좋아했다. 민아가 기뻐하는 모습을 보고 싶어서 나는 문구점마다 돌아다니면서 예쁜 유리병을 사서 모으고 거기에 별과 학을 접어 담았다. 부디 내 소원이 이루어져서 민아가 다시 건강해질 수 있기를 간절히 바라면서.

슬프게도 그 소원은 이루어지지 않았다.

민아가 나를 너무 보고 싶어 한다는 소식을 받고, 담임 선생님께 양

민아 곰돌이

해를 구해 바로 병원으로 달려갔다. 그때까지 내가 봤던 민아의 모습 중 가장 아파 보였던 민아. 하지만 보기와 다르게 나와 이야기도 잘 했고 죽도 남기지 않고 다 먹고 내가 밀어 주는 휠체어에 앉아 웃기도 했다. 민아 어머니도 내가 오니 민아 컨디션이 좋아졌다고 기뻐하셨다. 민아는 나에게 자고 가라고 했지만 학교 때문에 다시 기숙사에 돌아가야 했던 나는 어쩔 수 없이 병실을 나와야 했다. 더 있겠다고 고집을 피웠지만, 어른들은 안 된다며 민아에게 거짓말을 하고 나를 몰래 내보냈다. 기숙사로 돌아와서도 인사를 못하고 돌아온 아쉬움에 내내 마음이 좋지 않았다.

그렇게 아침이 밝았고, 나는 일어나자마자 기숙사 선생님으로부터 민아가 하늘나라에 갔다는 소식을 전해 들었다. 순간 머리가 멍해지고 갑자기 주체할 수 없는 눈물이 쏟아졌다. 선생님 품에 안겨서 한참을 울었는데도 좀처럼 울음은 진정되지 않았다. 아침밥도 도저히 넘어가지 않고, 운동장에 나와 하늘을 쳐다보는데 거기 민아가 있을 것만 같았다.

'어제 인사 못하고 나와서 미안해. 너랑 함께 있어 주지 못해 미안해.'

고해성사하듯 한참을 그렇게 민아를 향한 사과만 되뇌었다.

사람들은 시간이 지나면 괜찮아질 거리고 나를 위로했다. 그러나 민아가 가장 아프고 무서웠을 순간에 곁에 있어 주지 못했다는 죄책감은 시간이 지나도 떨쳐 낼 수 없었다. 민아가 자고 가라고 할 때 함께 있어 줬다면 민아가 그렇게 가 버리지 않았을까, 그날을 후회하며 나를 질책했다. 이제 그 슬픔은 조금 무뎌졌지만, 아직도 그날의 죄책감과 후회는 여전히 마음 깊이 박혀 있다.

민아와 함께 분홍색, 파란색 세트로 사서 나눠 가졌던 곰돌이 인형은 여전히 내게 있다. 기숙사에서 늘 민아와 함께 가지고 놀았는데 그 인형을 볼 때마다 민아 생각이 더 난다. 슬픈 추억이지만, 그 일을 계기로 나는 슬픔을 받아들이고 이겨 내는 방법을 배웠다. 후회라는 감정의 무게가 얼마나 무거운 것인지도 알게 되었다. 항상 사랑을 주기보다 받기만 바라던 이기적인 내게 민아는 진짜로 사랑하는 법을 가르쳐 주었다. 사랑이 얼마나 힘이 센지, 그리고 소중한 사람에게 사랑을 줄 수 있는 것이 얼마나 감사하고 행복한 것인지도 모두 민아를 통해 알았다.

지금까지 살아오면서 힘들고 포기하고 싶었던 순간들이 참 많았지만 그 시간을 견딜 수 있었던 것도, 사소한 인연도 소중히 여길 줄 아는 마음을 갖게 된 것도 모두 어릴 적 민아와의 추억 덕분이다.

지금 생각해 보면 나를 가장 처음 성장하게 만들어 준 사람은 민아가 아니었을까? 민아 덕분에 정신적으로 많은 성장을 했고, 내면을 견고하고 단단하게 만들 수 있었던 것 같다. 이제는 미안하다는 사과가 아니라 고맙다는 말을 전하고 싶다.

'민아야, 정말 고마워. 넌 언제나 내 안에서 반짝일 거야.'

끝내 울어 버린 내 생애 첫 무대

...

살아가는 동안 우리는 수많은 '처음'을 겪는다. 그중 어떤 '처음'을 되새겨 보는 일은 지금 내가 서 있는 자리의 의미를 새로이 바라볼 수 있게 한다는 점에서 의미 있는 일이 될 것이다. 그런 의미로 가야금과 함께한 나의 10년을 돌아보면서 나의 첫 무대를 떠올려 보지 않을 수 없다.

가야금을 시작한 지 얼마 되지 않았을 때였다. 중학교 3학년, 가야금을 시작한 지 채 1년도 되지 않았을 무렵 내게 뜻하지 않은 무대의 기회가 주어졌다. 한국마사회가 지원하는 장학금 수여식 무대에서였다. 장학생으로서 연주한 그 무대가 내 생의 첫 무대였다.

예고 입시 준비로 여념이 없던 중이라 공연에 쓸 만한 레퍼토리는 준비가 되어 있었지만 이전엔 한 번도 서 보지 못한 커다란 무대에서 처음으로 연주를 해야 한다는 사실이 너무 떨리고 긴장이 되었다.

　물론 그동안 여러 무대의 경험이 없었던 것은 아니다. 한빛예술단에서 중창으로 무대에 섰던 경험도 많고 무대에서 바이올린을 연주했던 적도 있지만 가야금을 연주하는 것으로선 처음으로 갖는 무대였다. 게다가 학교에서 하는 학예회나 발표회 같이 가벼운 공연도 아니고 귀빈들이 참석하는 큰 행사에서 가야금 연주를 해야 한다니. 너무 떨리고도 설레는 무대였다.

　무대 위에 입고 오를 한복이 없어서 한복도 빌려 입고 오른 무대였다. 비록 빌려 입은 한복은 어설퍼 보일지도 모르겠지만 그간 피나도록 연습한 성금연류 가야금 산조만큼은 무대 위에서 완벽하게 연주해 내는 모습을 보여 주고 싶었다.

　그러나 나는 그 떨리던 내 첫 무대를 마치고 끝내 펑펑 울어 버리고야 말았다. 너무 떨었던 나머지 의도치 않은 실수를 너무 많이 해 버린 것이다. 잘 모르는 사람은 어쩌면 알아차리지 못하는 나만 아는 실수였을지도 모른다. 하지만 나만 아는 그 실수는 '나만' 괴롭히는 무서운 것이다. 나만 아는 그 부끄러움이 무대를 내려와서도 나를 소리 내어 엉엉 울게 만들었다. 한참을 혼자 크게 울었다.

　지금도 내게 무대는 여전히 떨리지만 그때보다는 훨씬 잘할 수 있을 것 같다. 그날의 기억이 내 아픈 손가락처럼 남아서 나를 매 순간 채찍질하기 때문이다. 그 아픈 기억으로 나는 매 순간 나를 넘어서 나아간다.

나를 키운 선생님

...

가야금과 함께한 10년 동안 내겐 두 분의 선생님이 계셨다. 한 분은 맨 처음 가야금을 가르쳐 주셨던 박이슬 선생님, 그리고 또 한 분은 대학 때부터 나를 지도해 주신 이슬기 선생님이다. 두 분이 없었다면 지금의 가야금 연주자 김보경도 없었을 것이다.

박이슬 선생님은 가야금의 '가'자도 모르던 나를 기초 단계부터 가르쳐 주셨던 첫 선생님이다. 선생님의 교습법은 그야말로 혹독한 스파르타식이어서 따라가기가 여간 힘겨운 게 아니었다. 예고 입시를 겨우 1년 남짓 남기고 뒤늦게야 가야금을 시작한 나로서는 선생님을 따라 무작정 달리는 수밖에는 다른 선택의 여지가 없었다. 덕분에 나는 무난히 예고에 합격할 수 있었다.

"보경아, 예고 가서 1학년 때 해야 할 것들 미리 다 외워! 그렇게 외워 놓으면 예고 가서 악보 안 봐도 되니까 수업하기가 훨씬 쉽지."
예고 합격 소식을 듣자마자 선생님은 내게 엄청난 예습을 시키

박이슬 선생님과

이슬기 선생님과

셨고 덕분에 나는 예고 수업에 뒤처지지 않고 무난히 따라갈 수가 있었다. 그뿐만 아니라 선생님은 나를 수많은 대회에 내보내셨다. 나가서 상을 많이 따 오라는 의미가 아니라 일종의 담력 훈련 같은 것이었다. 장학금을 받으러 간 첫 무대에서 긴장하다가 무대를 망치고 엉엉 울어 버린 나를 위한 특단의 조치였다고 할까. 대회 나가서 자신감도 기르고 경력도 쌓으라는 것이었다. 수많은 무대를 경험해도 무대에서 떠는 건 아직 여전하지만 나를 그렇게 전쟁터 같은 경쟁의 무대로 밀어주신 선생님 덕분에 다양한 무대와 수상의 경험을 가질 수 있었다.

이슬기 선생님을 만난 건 아마 대학교 1학년 2학기 가을쯤이었을 것이다. 목표한 예고를 거쳐 서울대학교에 입학하기까지 정말 쉴 새 없이 열심히 달렸는데 목표를 다 이루고 나니 문득 공허해졌다. 가야금 연주도 시들해지고 슬럼프가 왔다. 늘 식지 않고 열정적이신 박이슬 선생님의 여전한 스파르타식 훈련에도 조금씩 지쳐 가기 시작했다. 선생님 덕분에 실력이 정말 많이 늘었고 목표한 모든 것을 이룰 수 있었지만 심리적으로 불안정해지니 선생님의 다그침에 점점 마음이 흔들렸다. 선생님이 말씀하시는 것이 그런 뜻이 아닌 줄 잘 알면서도 마음을 다치곤 했다. 마음이 건강한 상태였다면 아무렇지 않게 넘어갈 수 있는 것들이 어느 순간 상처가 되고 자존감도 점점 바닥으로 떨어지면서 가야금에 대한 흥미도 잃어갔다.

그러던 어느 날 무심코 유튜브를 보다가 김죽파류 가야금 산조를 연주하시는 이슬기 선생님의 영상을 보게 되었다. 작고 가냘픈 몸에서 어떻게 그런 강렬한 에너지가 뿜어져 나올 수 있는지. 여리고 예쁘면서도 어느 순간 강하게 몰아치고, 카리스마까지 느껴지는 연주를 보면서 한순간에 사로잡혀 버리고 말았다.

"우와, 이분한테 배우고 싶다!"
한순간 눈앞에 환하게 불이 켜지는 기분이었다. 그야말로 한눈에 반한다는 것이 그런 것일까. 그동안 가야금에도 흥미를 잃고 모든 일에 무기력하고 시들하기만 했는데 오랜만에 가슴속이 열심히 해 보고 싶다는 열의로 불타오르기 시작했다.
곧바로 지도 교수님을 찾아갔다.

"영상을 보다가 김죽파류 가야금 산조를 들었는데 이 음악을 듣고 이 선생님께 배우고 싶다는 생각을 했어요."
교수님께 그동안의 힘들었던 내 심리적인 상태와 상황들에 대해 솔직하게 말씀드리고 영상 속 그 선생님을 소개해 달라고 진심으로 부탁을 드렸다.

"다른 음악도 배워 보는 게 공부가 될 거야."
내 이야기를 진지하게 들으시던 지도 교수님은 이렇게 말씀하시면서 흔쾌히 동의해 주셨고 얼마 후 이슬기 선생님과 나를 연결해 주셨다. 유튜브를 보고 한눈에 반해 버린 대단하신 그분을 실제로 만나 배울 수 있게 되다니 그동안 멈춰 있던 심장이 처음으로 뛰는 기분이 들었다.

이슬기 선생님이 흔쾌히 나를 제자로 받아 주시긴 했지만 처음에는 좀 걱정이 되기도 했다. 내 장애에 대해 잘 모르시니 맨 처음 가야금을 배울 때 그랬던 것처럼 처음부터 다시 새롭게 맞춰 가는 과정이 필요할 테니 말이다. 그러나 선생님이 많이 배려해 주신 덕분에 선생님과도 빨리 적응해 나갈 수 있었다.

나는 악보를 보면서 연주할 수 없으니까 다른 학생 가르칠 때보다 훨씬 선생님이 연주해야 하는 시간이 많다. 왜냐하면 나한테 연주를 들려줘야 내가 그걸 듣고 따라 할 수 있기 때문이다. 한 곡을 마디마디 쪼개고 쪼개서 한 마디씩 연주를 해 주시는데 사실 그 과정이 웬만한 열의가 아니면 하기 어려운 여간 귀찮은 일이 아니다. 선생님은 그 귀찮은 수고를 한 번도 마다하신 적이 없다.

"보경아, 재미있지 않니?"

어려운 곡을 만나면 늘 선생님이 하시는 말씀이다. 어려운 곡을 하다 보면 '힘들다', '짜증 난다'는 생각도 들기 마련인데 선생님은 늘 '배울 게 많다'며 즐거워하신다. 종종 가야금을 넘어야 할 과제나 풀어야 할 숙제처럼 여기는 내게 가야금을 진심으로 사랑하고 즐기는 선생님의 모습은 늘 존경스럽다.

선생님의 어머니는 가야금 예능 보유자시다. 아기 때부터 늘 가야금을 듣고 보고 자라셨을 테니 가야금이 지겨울 법도 하지 않을까. 그런데도 어머니의 대를 이어 30년이 넘는 긴 시간 동안 한결같이 가야금을 사랑할 수 있는 선생님이 정말 대단하다는 생각이 든다. 고작 가야금 한 지 10년밖에 안 된 나도 가야금을 처음 시작할 때의 그 마음이 종종 희미해지는데 말이다.

선생님의 연주를 들으면서 내가 한눈에 반했던 이유는 선생님이 가야금을 얼마나 사랑하는지 절절히 느껴졌기 때문이다. 연주자 스스로 자신의 음악과 악기를 사랑하지 않으면 아무리 연주를 잘해도 듣는 사람에게 결코 그 감동이 전달되지 않는 법이다. 그만큼 절절하게 사랑해야 나올 수 있는 소리. 나도 그렇게 가야금을 사랑하고 그런 소리를 내고 싶어서, 그런 선생님을 닮고 싶어서 선생님의 연주를 들으면서 마음을 다지곤 한다.

뭔가를 지적하시기보다는 언제나 다정하고 밝은 목소리로 내게 대견하다, 기특하다 격려를 아끼지 않으시는 선생님 덕분에 힘들었던 시기에 움츠렸던 마음을 펼 수 있었다.

"너도 이제 너의 음악을 만들어 가야 해."

지금도 내게 여전히 '대견하다' 말씀해 주시며 늘 덧붙이시는 당부다. 나만이 낼 수 있는 나만의 음악을 찾아가는 것, 선생님이 당부하신 그 말씀이 내겐 늘 숙제처럼 가슴에 남아 있다.

국악이 한류가 되는 꿈

...

국악이 한류가 될 수 있을까? 해외 공연에서 쏟아지던 반응을 생각하면 어쩐지 그럴 수 있을 것만 같은 기분 좋은 착각이 들기도 한다. 지금껏 가 본 나라들은 홍콩, 대만, 중국, 러시아, 일본, 베트남, 미국의 카네기 등. 물론 가야금이 아닌 한빛예술단으로 참여했던 공연까지 포함한 해외 공연들이지만 돌아보면 해외 공연의 경험이 그렇게 적지는 않다.

그중 가장 감회가 깊은 공연을 꼽으라면 역시 2022 카타르 월드컵 공연이 되겠다. 축구에 대해 잘 모르지만 월드컵에 대한 우리나라 사람들의 관심은 늘 뜨겁고 특별하지 않은가. 특히 FIFA 제22회 월드컵인 2022 카타르 월드컵은 아랍 국가에서는 최초로 열린 대회라고 한다. 그래서 사람들의 관심과 의미 모든 면에서 좀 특별한 해외 공연이었다.

그러나 기대했던 만큼 그리 크고 웅장한 무대는 아니었다. 찾아보면 영상에도 나오지만 무대가 야외인 데다가 경기장 한편의

카타르 공연 때

응원존에 자리하고 있어서 오가는 사람들과 응원하는 사람들이 한데 뒤섞여 조금은 소란하고 산만한 무대였다.

'응원하느라 사람들이 우리 연주를 듣지 않으면 어떡하지? 한국에 대해서 잘 모르는 사람들이 훨씬 많을 텐데 음악도 장르도 생소한 우리 음악에 아무도 관심 없으면 어떡하지?'

내내 그런 걱정을 했지만 한편으로는 우리 국악과 우리의 악기를 알리는 좋은 기회가 될지도 모른다는 기대감도 있었다. 연주를 잘 해내야겠다는 마음은 물론이고 우리 음악을 멋지게 알려야겠다는 사명감마저 솟아올라서 연주에 더 심혈을 기울였다.

그런데 걱정했던 것과는 달리 나의 기대가 이루어진 건지 거기 있던 사람들이 의외로 우리의 연주에 많이 집중해 주었다. 역시 〈아리랑〉은 가장 한국적이면서도 세계적인 음악이라는 사실이 여실히 증명된 무대이기도 했다. 아리랑을 다 함께 따라 불러 주기도 하고 우리가 연주하는 다른 전통음악들도 다 같이 좋아해 주었다. 정악곡인 〈수제천〉에 우리의 소리를 넣어서 연주했는데 예상외로 그 나라 사람들이 많은 호응을 해 주었다. 〈수제천〉은 한국의 전통 관악곡으로, 원래 백제의 가요인 정읍사의 반주였다. 하늘처럼 영원한 생명을 기원하는 의미를 담고 있으며, 궁중 의례나 연회에서 연주되었던 곡이다. 어쩌면 우리에게도 생소하게 들릴 수 있는 전통음악을 그 나라 사람들이 자연스럽게 따라부르다니 놀라웠다. 아마도 우리 소리의 창법이 그들이 행하는 이슬람 종교의식

관현맹인전통예술단

에서 부르는 '아잔 소리'와 비슷하게 들렸나 보다. 인종과 종교를 넘어서게 하는 음악의 힘을 익히 잘 알고 있다고 생각하면서도 새삼스럽게 경험하게 되는 음악의 힘은 정말 신비로운 것이었다. 아랍 국가에서도 이렇게 호응을 얻는 우리의 국악이라니 한류가 가능하지 않을 게 뭐야!

또 하나 특별했던 해외 공연의 기억은 러시아 공연. 국악예고에 다니던 시절 한빛예술단과 함께한 공연이었다. 비록 그때는 한빛예술단 소속은 아니지만 거기 졸업생이자 전 멤버이기도 했고 무엇보다 서양 오케스트라밖에 없는 연주 리스트에 전통음악을 넣어 보고 싶다고 내게 제안을 해 와서 수락한 공연이었다. 사실 그때는 좀 어리기도 했고 해외 공연 경험이 몇 번 있었기 때문에 해외에 나가는 것에 대한 특별한 감회는 별로 없었다. 다만 러시아라는 생소한 나라에서 서양 오케스트라와의 협연이 처음인 만큼 그냥 '잘 해야겠다'는 생각 말고는 다른 생각할 겨를이 없었다.

우선 러시아를 떠올리면 가는 시간이 너무 오래 걸려서 힘들었던 기억밖에 떠오르지 않는다. 10시간을 비행기를 타고 경유지에 내렸다가 다시 경유지에서 한참을 가서 기차로 또 10시간을 타고 가야 했던 멀고 먼 여정에 너무 지칠 대로 지쳐서 설레임이고 뭐고 느낄 여유조차 없었다. 게다가 하필 그때 생리랑 겹쳐서 몸 상태도 최악인 데다가 무슨 이유에서인지 가야금마저 말썽이어서 몸도 몸이지만 그야말로 혼이 나갈 지경이었다. 가야금을 가지고 해외에 가는 건 처음이라 안 그래도 걱정을 하긴 했었다. 그런데 다른 나라에 가자마자 줄이 계속 끊어지다니.

　가야금을 해외에 가져갈 때는 화물칸에 실어야 한다. 그러기 위해서는 가야금에 얹혀 있는 부품들을 다 뺀 다음 풀어낸 부품들을 뽁뽁이로 다 포장해야 한다. 그리고 연주를 위해서는 다시 풀었던 부품들을 하나하나 조립해서 맞추고 조율하는 과정을 거쳐야 한다. 그런데 그렇게 비행기에 실어 오는 과정에서 문제가 있었던 것인지 러시아와 우리나라의 온도 차 때문인지 가야금 줄이 자꾸만 끊어졌다. 호텔 와서 조립하는 데도 끊어지고 연주하자마자 또 끊어지고 다시 이어 봐도 계속 끊어지고 심지어 리허설 때도 끊어져서 그야말로 멘붕을 여러 번 겪어야만 했다. 안 그래도 몸도 힘들어서 예민한 데다 줄이 자꾸 끊어지니 공연 전까지 정말 예민의 극치를 달리고 있었다. 사실 가야금 줄은 워낙 잘 끊어지기 때문에 모든 공연 때마다 그 걱정을 하지 않을 수 없다. 그렇다고 해도 러시아에서는 공연 전부터 너무 많이 끊어져서 걱정은 점점 불안으로 변해 가고 있었다. 불안으로 떨리는 가슴을 진정시키며 공연 중 가야금 줄이 끊길 것에 대한 나만의 철저한 대비를 해야만 했다.

　'그래, 만약에 연주하다가 여기가 끊어지면 이쪽을 눌러서 소리를 내고 저기가 끊어지면 저쪽 다른 줄을 눌러서 소리를 내고….'
　우선 상상으로 이런저런 상황을 시뮬레이션해 보면서 나름의 대안을 철저히 머릿속에 그려 두었다. 무대에 오르기 직전까지 불

러시아 공연

안했지만 다행히도 막상 무대에 올라 연주하니 가야금 줄은 무사히 제 몫을 다해 주었다. 성공적인 공연이었다.

"가야금 소리가 너무 맑고 좋아요. 모양도 참 신기해요. 한 번 만져 봐도 되나요?"

러시아에서도 많은 사람들이 그들에게 생소한 우리의 국악을 듣고 찬사를 보내 주었다.

가야금이라는 악기는 러시아뿐만 아니라 특히나 어느 외국을 가든 사람들이 많은 관심과 호의를 보이는 악기다. 해금이라든가 아쟁처럼 활을 쓰는 악기는 우리나라 사람들에게도 그렇고 외국 사람들에게도 호불호가 좀 갈리기도 하는데 무슨 이유인지 가야금은 어딜 가나 호불호 없이 좋아해 주는 것 같다.

천 년이 넘는 역사가 있는 악기라는 사실에 놀라고 위아래로 줄을 타듯이 흔들어서 소리를 내는 연주 방법도 외국인들이 보기엔 무척 재미있고 신기한가 보다. 바이올린이나 피아노 같은 악기는 어느 나라를 가도 다들 익숙한데 우리나라의 악기는 해외에 많이 알려지지 않은 생소한 악기들이다 보니 그 자체만으로도 신비로운 악기처럼 여겨지는 것 같다. 게다가 한복이 너무 이쁘다고 찬사를 연발하는 사람들은 또 얼마나 많은지.

그러니 국악이 한류가 되는 꿈을 꾸지 않을 이유가 없다!

치열한 삶의 현장

...

내 하루의 시작은 가야금 소리처럼 맑고 우아하지 않다. 말 그
대로 교통지옥으로 시작하는 치열한 출근 전쟁. 이른 아침 의정
부에서 봉천동까지 붐비는 지하철을 타고 거의 2시간을 부대껴
야만 겨우 내가 일하는 관현맹인전통예술단에 도착할 수 있다.

관현맹인전통예술단은 시각장애인으로 구성된 국악 연주단으
로, 조선 시대 궁중악사로 활동했던 관현맹인 제도를 계승하고,
우리 전통문화의 우수성과 시각장애인의 뛰어난 예술성을 알리
기 위해 2011년에 창단된 예술단이다. 관현맹인전통예술단은 다
양한 국내외 공연을 통해 국악을 세계에 알리는 문화사절단으로
활동하고 있으며, 2023년에는 제13회 대한민국장애인문화예술
대상을 수상하기도 했다.

나는 유일한 가야금 연주자로서 대학교 1학년 때 이곳에 입단
하여 일과 공부 두 가지를 병행했었다. 대학을 졸업한 지금은 학

생이 아닌 온전한 직장인으로서 그곳에 몸담고 있다.

출퇴근길엔 케인을 짚지 않은 지 오래다. 빽빽하게 얽힌 사람들 틈을 비집고 이동하기에는 긴 케인이 사람들 발길에 걸려 오히려 방해가 되기 때문이다. 핸드폰만 주시한 채 일제히 앞을 향해 전진하는 사람들을 보고 있으면 마치 좀비처럼 무섭다. 앞을 '보지 않는' 사람들 때문에 오히려 '앞을 못 보는' 내가 조심해야 하는 상황이라니.

"죄송합니다. 죄송합니다."

이동하다 보면 하루에도 수십 번씩 사과해야 할 일이 생긴다. 앞을 보지도 않고 무신경하게 걷다가 내게 부딪힌 건 그 사람들인데 오히려 내게 짜증을 내는 경우가 많다. 앞을 못 본 내 잘못이 더 크다고 여기나 보다. 마음 같아서는 내게 얼굴부터 붉히는 사람들의 핸드폰을 다 빼앗아 버리고 싶은 생각이 들 때도 있지만 같이 얼굴을 붉힐 수 없으니 대부분 내가 사과를 하고 만다.

지하철에서 마주치는 사람들의 따가운 시선 역시 내 출퇴근 시간의 고됨을 배가시키는 요인이 된다. 나를 쳐다보는 사람들의 시선을 느끼는 예민한 감각은 어릴 때부터 지금까지 참 둔감해지지 않는다. 은근히 힐끗거리는 정도가 아니라 대놓고 눈앞에 와서 뚫어지게 바라보고 가곤 하는 무례한 시선들. 어릴 때는 그런 시선들이 너무 무서웠다. 엄마를 따라 마트에 가거나 하면 언제든 그런 아이들이 있었다. 그냥 멀리서만 나를 쳐다보는 게 아니라 기어코 가까이 와서 내 눈을 보고 가는 아이들. 더욱이 그런 아이들은 그렇게 혼자만 보고 가는 정도로 끝나지 않았다. 가서는 또 다른 아이들까지 데리고 와서 내 눈을 구경하곤 했다. 그런 일들이 내겐 너무 큰 상처로 남아서 나는 지금까지도 아이들이 무섭다. 호기심을 누르지 못하는 아이들의 순수한 눈. 그 순수함을 이해하면서도 그 무해하고 해맑은 눈을 나는 아직도 어떻게 대처해야 하는지 몰라서 그런 눈을 만나면 당황스럽다.

아직도 출퇴근 시간에 그런 눈들과 만난다. 이제는 아이들이 아니라 어르신들의 눈. 요즘 젊은 사람들은 이어폰 끼고 자기 손 안의 핸드폰에만 몰두하고 있으니 나를 거의 신경 쓰지 않지만 어르신들은 다르다. 단순한 호기심을 넘어 나를 난처하게 만드는 어르신들의 불필요한 관심이 불편할 때가 한두 번이 아니다. 그럴 때는 그냥 눈을 감아 버리거나 자는 척을 해야 할 때도 있다. 그러면서도 내가 왜 굳이 그런 불편을 감내해야 하는 건지 상황이 한심하게 느껴질 때도 많다.

"눈은 어쩌다 그렇게 됐어요?"
"언제부터 그렇게 됐어요?"

간혹 택시라도 타면 여지없이 기사님들의 질문이 시작되곤 한다. 그렇게 시작한 질문은 끝도 없이 이어져서 이동하는 내내 귀찮은 질문에 시달려야 할 때도 많다.

웬만하면 나는 그런 어른들의 질문에 나름 성의 있게 대답을 하는 편이긴 하다. 정말로 궁금해서 물어보는 질문일 수도 있고 특별히 악의를 가지고 하는 질문이 아니라는 걸 잘 알고 있기 때문이다. 그래서 내가 만난 사람들에게는 가능한 한 모두에게 친절하려고 노력한다. 그러나 너무 피곤하고 힘이 들 때는 나도 감당이 안 될 때도 있다. 그럴 때 불필요한 질문들을 피하는 나만의 방법이 있다. 바로 전화 받는 척하기.

"엄마, 왜 전화했어? 응, 나 택시 타고 가는 중이야."

이렇게 엄마에게 온 전화를 받는 척 이야기의 맥을 끊으면 더 이상의 질문으로 이어지는 걸 피할 수가 있게 되기 때문이다.

관현맹인전통예술단을 초대하는 학교 초청 공연은 아침 일찍 잡히는 경우가 많다. 장애 인식개선 교육의 일환으로 이어지는 학교 공연은 대부분 1교시나 2교시에 이루어지는 경우가 많기 때문이다. 그러면 봉천역에 아침 7시까지는 도착해야 하니 새벽 5시 10분 첫차를 타고 시작하는 하루는 늘 버거울 때가 많다.

그렇게 일찌감치 시작한 하루 일과를 마치고 돌아오는 긴 퇴근 시간은 늘 녹초가 되기 마련이다. 게다가 가야금을 들고 이동해야 할 때는 내 키만큼 크고 무거운 가야금이 사랑스러운 악기가 아니라 그야말로 힘겨운 짐짝이 되어 버리기도 한다. 차라도 있으면 좀 덜 힘들게 출퇴근할 수 있을 텐데 시각장애 때문에 운전을 할 수도 없으니 시각장애인도 운전이 가능한 자율주행차가 상용화되면 내 힘겨운 이동이 좀 자유로워질 수 있을까, 괜한 상상을 해 보기도 한다.

나를 필요로 하는 곳이 있다는 건 참 감사한 일이지만 녹초가 되어 예술단에 출근하고 또 파김치가 되어 집으로 퇴근하는 일상에 체력적으로 많은 한계를 느끼곤 한다.

지치고 지치다가 굳은살처럼 켜켜이 쌓이는 권태와 무기력에 예술에 대한 내 감각도 무뎌지게 되는 건 아닐까. 그런 무뎌진 가슴으로 예술가가 아니라 그저 형식적으로 연주하는 기술자가 되어 버리면 어쩌나.

예술인이 아니라 직장인으로서 더 고민하게 되는 날들이 많아지는 것 같아 안타깝다.

가야금보다 설렜던 만남

...

2022년에 포스코의 '만남이 예술이 되다' 프로젝트에 참여한 적
이 있다. 포스코 '만남이 예술이 되다'는 포스코1%나눔재단이 운
영하는 장애예술인 지원 프로젝트다. 장애예술인과 유명 인사가
협업하여 영상을 제작하고, 장애예술인의 개인 스토리와 작품을
소개하는 방식으로 장애인예술에 대한 인식을 개선하고, 대중화
를 도모할 목적으로 2020년부터 시작되었다. 이 프로젝트는 문
학, 미술, 음악, 무용 등 다양한 분야의 장애예술인 29명(27팀)을
선정하여 지금까지 총 59편의 영상을 제작했고 포스코의 공식 유
튜브 채널과 인플루언서 유튜브 채널을 통해 공개되었다. 이 프
로젝트는 포용적 예술(Inclusive arts)의 일환으로, 장애인과 비
장애인의 동등하고 자유로운 예술 활동과 협업을 통해 서로의
예술적 수준을 고양시킬 수 있는 기회를 제공하고 있다.

이와 같은 프로젝트에 영광스럽게도 가야금 연주자인 내가 선
정되어 슈퍼주니어 규현 님과 함께 콜라보 영상을 찍었다. 오랫동

규현과

규현 × 김보경

광화문에서

규현과 포스코 프로젝트 콜라보

안 가수 규현 님을 너무나 좋아하는 팬으로서 규현 님과 함께 촬영을 할 수 있다는 것만으로도 내겐 너무나 가슴 설레는 일이 아닐 수 없었다.

규현 님이 〈광화문에서〉를 부르고 나는 그 옆에서 가야금으로 연주를 하는 영상을 지금도 언제든 인터넷에서 찾아볼 수 있는데 볼 때마다 그때 그 설렘이 생생하게 떠올라서 매번 가슴이 뛰곤 한다. 〈광화문에서〉를 노래하는 규현 님의 목소리는 얼마나 절절하고 아름다운지 그 목소리에 내 가야금 연주를 보탤 수 있었다는 사실만으로도 너무나 영광이다.

영상 속 노래하는 규현 님 앞에서 가야금을 연주하는 내 모습을 보고 있노라면 지금도 너무 웃겨서 웃음이 난다. 얼굴에 은은한 미소를 띠려고 애써 입꼬리는 올리고 있지만 긴장해서 파르르 떨리는 걸 어쩔 줄을 모르는 내 모습이라니. 너무 떨리고 설레서 규현 님과 눈도 못 마주치고 내내 한 방향으로만 고개를 돌리고 연주하는 내 모습이 지금 봐도 그렇게 어색할 수가 없다. 마지막에 규현 님과 마주 보는 장면에선 또 얼마나 NG를 냈던지. 심장이 쿵쾅거려서 정신이 하나도 없던 기억이다. 좀 더 침착했더라면 규현 님께 말도 많이 걸어 보고 좋아하는 팬심도 좀 더 표현해 보고 더 좋은 시간을 보낼 수도 있었을 텐데. 내내 긴장하느라고 아무것도 못하고 그 귀한 시간을 그냥 보내 버린 것이 지금 생각해도 너무 아쉽다.

"서울대학교에 다니는 학생이라면서요? 참 대단하시네요!"

잔뜩 움츠려 있는 내 긴장을 풀어 주려고 규현 님이 내게 이런 저런 말을 걸어 주었다. 속으로 덜덜 떠느라고 걸어 주시는 말에도 제대로 대답도 못하고 지나갔지만 내게 마음을 써 준 규현 님의 그 마음만은 참 따뜻한 기억으로 남았다.

"제가 안내 보행을 해 줘도 될까요?"

촬영 중에 잠깐 쉬는 시간이 있었는데 규현 님이 문득 내게 안내 보행을 자처해 왔다. 야외촬영 중에 내가 대기실을 혼자 찾아가는 게 쉽지 않아 보였나 보다. 안내 보행이란 시각장애인에게 팔을 잡도록 내주고 한두 걸음쯤 앞장서 걸으며 앞의 상황이나 길 상태 등을 안내해 주며 목적지까지 이동하는 것을 돕는 것을 말한다.

'아니, 규현 님이 내 안내 보행을 해 주시다니….'

규현 님의 팔을 붙들고 함께 걸을 수 있다는 사실이 너무 떨리고 긴장됐지만 이게 어떤 기회인데 마다할 이유가 없었다. 한 장애인 복지관에서 사회복무요원으로 군 복무를 했다더니 얼마나 정확하게 교육을 받았는지 정말 모범생처럼 정확하고 친절한 규현 님의 안내 보행에 내심 놀랍기도 했다.

예전부터 연예인을 만난 기억은 많이 있긴 했다. 전에 바이올린을 하기 전엔 초등학교 시절 내내 한빛예술단에 있는 빛소리중창단에서 활동했었다. 그때 한창 노래로 화제가 되어 TV 프로그램 〈스타킹〉에도 여러 번 출연한 적도 있고 왕중왕전까지 출전하여 우승하기도 했었다. 또 열린음악회 등 여러 프로그램에 나가 촬영을 하면서 많은 연예인들을 직접 만나 보았지만 규현 님을 만날 때와는 전혀 다른 느낌이었다. 확실히 내가 좋아하는 사람을 만나는 것과 그저 유명인을 만나는 것과는 확연히 다르다는 걸 그때 비로소 알았다.

옛날에는 국악을 전공하다 보니 롤모델로 항상 국악 하는 분들만 얘기했었는데, 사실 진짜 나의 롤모델은 가수 규현 님이다. 처음에는 그저 노래가 좋고 목소리가 좋아서 팬이 되었지만, 가수, 예능, 뮤지컬 등 다양한 분야에서 인정받기 위해 항상 노력하고 최선을 다하는 모습을 보면서 정말 대단하고 멋지다고 생각했다. 새로운 음악과 새로운 역할에 계속 도전하고, 자신의 역량을 끝없이 키워 가는 모습을 보면서 롤모델로 정하게 되었다. 나도 규현 님처럼 내가 잘하는 것만 골라서 하기보다는 다양한 분야에 도전해 보고, 한 곳에 멈춰 있는 것이 아니라 계속 앞으로 나아가는 연주자가 되고 싶다.

내게, 그렇게 빛나는 존재를 직접 만나는 것도 기쁜 일인데 함께 콜라보할 수 있는 기회까지 주어졌다니 내 생에 가장 설레고 가슴 벅찬 일이 아닐까. 가야금은 내게 그런 엄청난 기쁨도 안겨 주었다.

'가야금 만세!'

가난한 예술가의 초상

...

　나는 가야금이 그렇게 비싼 악기인 줄 몰랐다. 그저 그 소리가 좋아서 그 소리에 이끌려 갔을 뿐인데. 가야금이 그렇게 비싼 악기인 줄 알았더라면 그렇게 무작정 덤벼들지 못했을 것이다. 가야금의 종류가 그렇게 다양하다는 것도 나중에서야 알았다. 장르나 음역대에 따라 대략 4가지 종류로 나눌 수 있는데 산조가야금(12현), 정악가야금(12현), 그리고 18현 가야금과 25현 가야금이 있다. 18현 가야금과 25현 가야금은 현대적인 요구에 맞춰 제작된 개량 가야금의 일종으로 15현, 17현, 21현 등의 가야금도 있다. 가야금을 전공하려면 이 4가지 종류의 가야금을 다 다루어야 한다. 그중 어느 한 가지만이 아니라 4종류의 가야금 모두를 다룰 수 있어야 하고 그렇기 때문에 4종류의 가야금을 다 가지고 있어야 한다. 게다가 연주용 외에 연습용은 또 따로 있어야 하다 보니 4종류의 가야금을 최소 두 개씩은 가지고 있어야 하는 셈이다. 그러니 레슨비는 차치하고라도 악기값만 해도 가난한 우리 집 형편으로는 감히 엄두도 낼 수 없는 것이었다.

"너네 집 부자야?"

사람들은 속도 모르고 종종 그렇게 오해하곤 했다. 비싼 악기와 레슨비를 대충만 헤아려 보아도 사람들은 충분히 그런 오해를 할 수도 있었을 것이다. 그러나 나는 어려서부터 지금까지 한 번도 여유로운 형편이었던 적이 없었고 가야금을 하는 데 따른 모든 비용은 장학금으로 해결해야만 했다.

'나도 화장실이 집 안에 있으면 좋겠다.'

내 어릴 적 바람은 이런 소박한 것이었다. 어릴 때 양주에 한 10년 정도 살았던 적이 있는데 그 시절 우리 집은 정말 비좁았고 화장실도 밖에 있어서 화장실을 가야 할 때는 집 밖을 나서야만 했다. 화장실을 한번 가기 위해서는 비가 올 땐 비를 맞아야 했고 눈이 올 땐 눈을 맞아야 했다. 내 방은 꿈도 꿀 수 없는 형편. 그러나 그때는 누구나 다 그렇게 사는 줄 알았다. 어느 날 친구네 집에 놀러 갔다가 집 안에 깨끗한 화장실도 있고 세면대도 있고 샤워기도 있는 것을 보고 그야말로 문화적 충격을 받았다.

'아, 원래 집은 저렇게 생긴 거구나.'

다른 집도 다 우리 집 같은 줄 알았는데 그렇지 않다는 걸 알고부터 비로소 우리 집이 가난하다는 사실을 깨달았다.

예고에 가고 예술단에 들어가면서 나의 가난은 더 선명하게 보였다. 그때서야 가야금을 전공하는 나를 보고 사람들이 부자라고 오해하는 이유를 알았다. 나와 다르게 친구들은 대부분 여유로운 환경에서 음악을 하고 있었다. 나는 셋집으로도 꿈꿀 수 없는 화장실 딸린 깨끗한 집을 친구들은 자기 집이라 불렀고 고가의 악기와 레슨비에 대해서 친구들은 아무런 걱정도 하지 않았다. 상대적 박탈감이란 말을 그때 처음 체감했다.

부모님은 아무리 열심히 피땀 흘려 일하셔도 내 가야금과 레슨비를 감당할 여력이 되지 않는다는 걸 나는 잘 알고 있었다. 비록 내 앞에서는 힘든 티를 내지 않으시려고 했지만 어찌해도 가난은 숨겨지지 않았다. 가난한 형편에 나를 뒷바라지해야 하는 부모님의 형편을 나는 너무도 잘 알고 있었기 때문에 일찌감치 철이 들지 않으면 안 되었다.

"보경아, 뭐 먹고 싶어?"

나는 지금도 이런 질문을 받으면 머릿속이 하얗다. 왜냐하면 내취향과 선택에 따라 무언가를 결정해 본 적이 거의 없기 때문이다. 먹고 싶은 음식이 뭔지, 입고 싶은 옷이 뭔지 선택해야 할 때나는 언제나 그 선택이 너무나 어렵다. 내가 너무 비싼 걸 고르게되는 건 아닐까, 그럴 여력이 안 되는데 내가 괜한 선택을 하는건 아닐까, 내 선택이 부모님께 부담이 되는 건 아닐까… 무언가를 선택하려고 하는 순간 그런 수많은 생각들이 어지럽게 꼬리에 꼬리를 물기 때문이다. 지금도 여전히 무언가를 살 때는 내 취향과 기호가 아니라 '가격표'를 먼저 살핀다. 아주 오래전부터 굳어진 습관이다. 내 취향이 가격을 이기지 못할 때 때로는 서글퍼지기도 한다.

대학을 들어가서는 학업과 함께 직장을 병행해야 했다. 관현맹인전통예술단에 가야금 연주자가 없었기 때문에 나는 대학에 입학하면서 바로 예비 단원을 거쳐 예술단의 정식 단원이 될 수 있었다. 시각장애인으로서는 유일한 가야금 연주자라는 사실이 큰 이점이 되었다. 덕분에 대학생이지만 월급을 받으면서 연주 활동을 하며 대학에 다닐 수 있었다. 가난한 형편에 공부하면서 월급도 받을 수 있다는 것에 너무 감사했다.

대학을 다니는 동안 집안 형편이 더 어려워져서 내가 실질적인 가장의 역할을 해야 하는 시기도 있었다. 적으나마 내 월급으로 생계를 유지할 수 있었던 것이 그나마 다행이라면 다행이었다. 그때 가장 속상했던 것은 장학금으로 받은 돈을 생활비로 써야 했을 때였다. 내 학업과 예술적인 성취를 위해 지원된 '장학금'이었을 텐데 그것을 생활비로 써야 하다니 비참했다. 그 장학금으로 레슨을 더 받을 수 있었다면 내 부족함을 메울 수 있고 배움에 대한 갈증이 조금이나마 해소될 수 있었을 텐데 그런 기회를 포기해야 했으니 말이다. 그러나 그렇게라도 내가 부모님의 버팀목이 되어 드릴 수 있다는 것으로 위안 삼을 수밖에 없었다.

어느 장례식에 문상을 간 적이 있었다. 형제자매들 여럿이 함께 빈소를 지키고 있는 모습을 보는데 문득 부럽다는 생각이 들었다. 외동딸인 나 혼자 덩그러니 부모님의 빈소를 지키고 있으면 훗날의 내 모습이 그려졌기 때문이다. 그 이후 내가 '가장'으로서 더 단단해져야겠다고 다짐했다. 내가 아니면 우리 집은 누구도 부모님을 돌볼 사람이 없기 때문이다. 어릴 때는 부모님이 나를 지켜 주셨지만 하나뿐인 딸로서 이제 내가 부모님을 지켜 드려야 한다는 책임감과 의무감이 지금까지 나를 버티게 하는 힘이기도 하다.

"보경 쌤, 우리 커피 마시러 갈 건데 같이 커피 마시러 안 갈래?"
"아니에요. 저는 연습실에서 좀 더 연습하고 있을게요. 다녀들 오세요."

점심시간의 흔한 풍경이다. 예술단 단원들과 함께 점심을 먹고 나면 이후엔 카페에서의 커피타임으로 이어지지만 나는 대부분 그냥 연습실에 혼자 남는다. 점심시간에 마시는 그 커피 한 잔 값도 아끼고 싶기 때문이다. 아마 사람들은 내가 연습을 더 하고 싶은가 보다 여길 뿐 눈치채지 못할 것이다. 요즘 SNS 등에 올라오는 내 또래 젊은 사람들의 일상 사진들을 보면 나와는 전혀 다른 세계에 사는 사람들 같다. 여행? 맛집? 명품? 이런 화려한 일상이 한 잔의 커피값도 아까운 내 가난한 일상과 너무도 선명하게 비교가 되기 때문이다.

지금은 가난해서 커피값을 아끼는 것은 아니다. 이제 커피값 정도는 아끼지 않아도 살 수 있다. 그러나 가난했던 날들의 기억과 습관이 여전히 남아 있고 미래에 대한 불안 때문에 아끼지 않을 수 없다. 누구도 나의 미래를 책임져 주지 못할 거라는 생각 때문이다. 부모님은 늙어 가시고 우리 집에 재산이 있는 것도 아니다 보니 미래에 대한 책임감이 크다.

부자가 될 수 있는 다른 직업을 선택해 볼까도 생각해 본 적 있지만 나는 어쩔 수 없는 가야금 연주자이다. 내가 가야금 소리를 좋아하는 이유는 신나고 흥이 나면서도 슬픈 소리를 동시에 가지고 있기 때문이다.

'어쩌면 내가 가진 이 '결핍'이 흥과 한이 동시에 어우러지는 완벽한 우리의 소리를 완성해 내는 힘이 되어 줄 수 있겠지.'
그렇게 믿으며 가난하고 힘겨운 일상에서도 굳건히 가야금 앞에 앉는다.

뮤지컬, 내 삶의 활력소

...

　나는 국악하는 사람이지만 쉬는 시간에 국악은 잘 안 듣는다. 아무리 가야금 연주자지만 늘 귀에 쟁쟁한 가야금 소리를 쉬는 시간에마저 듣고 싶지는 않으니까. 굳이 국악이 아니어도 발라드도 좋아하고 케이팝도 좋아하고, 좋아하는 장르가 워낙 많아서 가야금을 내려놓는 순간엔 다양한 장르의 음악을 들으며 가야금에 지친 귀를 쉬어 주고 싶다. 그 다양한 음악 중에는 뮤지컬 넘버들도 꽤 많다. 뮤지컬을 좋아하다 보니 자연스럽게 뮤지컬 넘버들도 열심히 찾아 듣게 된다. 특히 벤허의 넘버 중 하나인 〈살아 있으니까〉는 힘든 순간마다 내게 힘이 되어 준 내 최애곡 중에 하나다.

　뮤지컬을 좋아하게 된 이유는 역시 규현 님 덕분. 사실 처음엔 뮤지컬이라는 장르를 그다지 좋아하거나 즐기지 않았는데 그저 팬심으로 규현 님이 출연하는 뮤지컬을 보러 다니다가 어느새 뮤지컬의 매력에 빠져 버리고 말았다. 처음에는 규현 님이 출연하는 뮤지컬만 보러 다니곤 했는데 이제는 굳이 규현 님이 출연하지 않더라도 보고 싶은 뮤지컬은 빼놓지 않고 보러 다니는 순수한 뮤지컬 마니아가 되었다.

뮤지컬을 볼 때는 아무리 앞자리에 앉더라도 내겐 무대가 잘 보이지 않기 때문에 뮤지컬 한 편을 온전히 이해하기 위해서는 서너 번 이상을 봐야 한다. 몇몇 공연장의 경우는 오페라글라스를 대여해 주긴 하지만 나는 내게 맞는 단망경을 따로 가지고 다닌다. 첫 번째 관람은 우선 듣는 것에 집중하면서 내가 좋아하는 주인공만 단망경으로 쫓아다니면서 보고, 두 번째 볼 때는 주인공을 비롯하여 다른 인물들까지 조금씩 관심을 확대해서 보고, 세 번째로 볼 때는 전체적인 걸 총망라해서 보고. 이렇게 여러 번에 걸쳐서 봐야 뮤지컬 한 편을 제대로 관람한 것이 된다. 사실 나처럼 가난한 가야금 연주자에게 여러 번 관람해야 하는 뮤지컬 관람은 그리 검소한 취미는 아니다. 그러나 뮤지컬은 오로지 나만을 위해 부리는 나의 유일한 사치다. 그 유일한 사치를 위해서는 더 절약해야만 한다. 평소에도 허튼 소비를 하지 않지만 뮤지컬 한 편을 보기 위해서는 그야말로 용돈을 쪼개고 쪼개야 한다. 마시고 싶은 커피를 한 번 참고, 장만해야 할 계절 옷을 한 번 미루고… 그렇게 모은 돈으로 한 편의 뮤지컬을 보는 기쁨을 산다. 뮤지컬을 보는 일은 내게 삶의 기쁨만이 아니라 답답한 일상의 유일한 도피처가 되어 준다. 그것만으로도 돈으로 환산될 수 없는 어마어마한 가성비의 취미 아닌가.

'삶의 끝에 서서 뒤를 돌아보면
지금껏 모든 게 나약했던 나의 선택
누굴 탓하겠어
누가 내 고통을 덜어 줄 수 있겠어
기댈 수 없는 거라면
오늘을 살아 내고서 내일을 살아갈 거야
살아 있으니까'

지난해 내겐 참 힘들고 지치는 한 해였는데 이 노래가 나를 붙들어 주었다. 뮤지컬 벤허 중에서 〈살아 있으니까〉. 마치 나에게 이야기하는 것 같았다.

'그래, 살아 있으니까 기대치 않던 기쁨도 누릴 수 있는 거야. 살아 있으니까 지금의 내가 있을 수 있는 거야. 살아 있어야 내일도 있는 거야.'
내가 알 수 없는 어떤 힘이 나에게 주는 특별한 위로인 것만 같아서 들을 때마다 이렇게 스스로를 응원할 힘이 생겼다.
뮤지컬은 내 음악적 소양과 교양을 쌓기 위해 보는 사치가 아니라 마음의 기력을 회복하기 위해 보는 영양보충제 같은 것이다. 내 가야금 연주도 누군가에게 그런 음악이 되면 참 좋겠다는 다짐을 뮤지컬을 볼 때마다 새롭게 하게 되는 것도 내가 뮤지컬을 사랑하는 이유다.

나의 노력이 나를 배신할지라도

...

노력의 결실은 언제나 달콤한가? 지금까지 내겐 그렇지 않았다. 나는 지금껏 한 번도 내 무대에 만족해 본 적이 없다. 정말 죽을 만큼 연습을 하고 무대에 올랐으면 웬만하면 온 우주가 나를 도울 법도 하건만 언제나 그 순간 가장 도움이 안 되는 것은 늘 나 자신이었다. 무대에만 서면 늘 너무 긴장하는 탓이다. 노력하면 안 되는 게 없다는데, 노력은 배신하지 않는다는데 나는 매번 내가 쏟아부은 노력에 야멸차게 배신을 당하는 기분이 든다.

무대에서도 떨지 않는 담력을 길러 주기 위해 내 첫 가야금 선생님은 나를 수많은 대회에 내보내시기도 했다. 대회에서 상도 제법 받았다. 그런데 어느 대회에서 '금상'을 받은 이후 나는 자신감을 얻기는커녕 더 긴장하게 되었다. 최고치를 경험하고 나니 그 다음에는 그 이상을 해내야 한다는 강박 때문에 다음 무대가 더 무서워지는 것이었다. 덕분에 지금까지 내 활동에 피가 되고 살이 되는 경력을 쌓을 수는 있었지만 노력에 미치지 못한 무대였다는 아쉬움이 늘 남는다.

　대망의 대학 졸업 무대 때도 나의 노력은 빛나지 않았다. 그 무대를 위해 얼마나 수많은 날 동안 거의 매일 잠도 못 자고 직장과 학교를 오가며 영혼을 갈아 넣었는데 말이다. 노력만큼 충분히 기량을 발휘하지 못했다는 후회와 아쉬움은 늘 내게 좌절감을 남겼다. 그게 너무 힘들어서 상담까지 받아 본 적도 있다. 내얘기를 경청한 후 상담 선생님은 이렇게 말씀하셨다.

"잘하고 싶은 욕심이 너무 많아서 그래요. 그러니까 더 긴장하게 되고 긴장하니까 또 실수하게 되죠. 아마 가야금을 좋아하니까 좋아하는 만큼 더 잘하고 싶은 욕심도 큰 것일 텐데 조금만 욕심을 내려놔 봐요."

　나도 안다. 내가 욕심이 많다는 걸. 그러나 잘하고 싶은 마음을 내려놓기란 그리 말처럼 쉬운 일이 아니다.

'편하게 해, 릴렉스! 그냥 연습한 대로만 하면 돼.'

　무대에 오르기 전 아무리 필사적으로 자기 암시를 하고 심호흡을 해도 막상 무대에 오르면 여전히 떨리긴 매한가지. 때로는 외운 악보가 하나도 기억이 안 날 만큼 머릿속이 하얘지는 순간도 있다. 그런 순간에 아무리 당황하더라도 몸만은 그 연주를 기억하고 있어야 한다. 비록 긴장해서 머리는 악보를 까맣게 잊더라도 손은 저절로 움직여져야 할 만큼 철저히 연습해야만 한다. 그

졸업 연주회

손끝에 빛을 담는 가야금 연주자 김보경 **99**

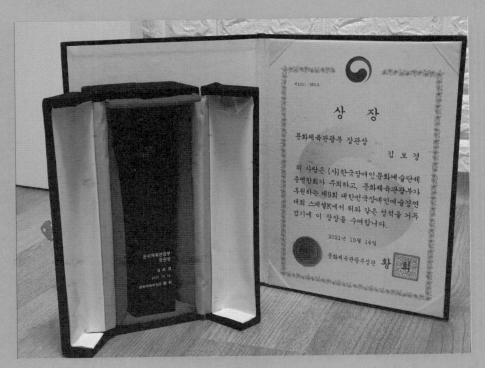

문체부 장관상

야말로 몸이 연주를 기억하도록 체화하는 것이다.

2021년 제9회 대한민국장애인예술경연대회 스페셜K 무대가 바로 그런 무대였다. 결선 가기 전에 본선 무대였는데 연주하다가 갑자기 몹시 당황스러운 일이 벌어졌다. 무대를 더 멋지게 꾸미려고 그랬는지, 아니면 출연자인 나를 더 돋보이게 해 주려고 그랬는지 갑자기 조명이 화려하게 돌아가기 시작했다. 그 바람에 갑작스레 시야가 어지러워서 그만 희미하게나마 윤곽으로라도 보이던 가야금 줄이 시야에서 까맣게 지워져 버렸다.

'제발 제발 조명 바꾸지 말아 주세요, 제발요!'

속으로 간절하게 애원했지만 들릴 리가 없었고 간신히 아슬아슬하게 몸에 익은 감각에만 의존한 채 연주를 마쳐야만 했다. 안 그래도 늘 그렇듯 초긴장 상태였는데 돌발적인 상황에 그야말로 멘붕 상태가 되어 버렸던 거다. 다행히 무사히 연주를 마쳤고 문화체육부 장관상을 수상하는 영예까지 안을 수 있었다. 좋은 결과로 이어졌기에 망정이지 다시는 겪고 싶지 않은 일이다. 어떻든 돌발상황에서도 몸으로 익힌 연주를 끝까지 해낼 수 있었으니 결국 노력이 만들어 낸 결실이라고 할 수 있으려나.

"내가 정말 가야금 연주자로서 계속 무대에 설 수 있을까? 혹시 내가 직업 선택을 잘못한 건 아닐까? 내가 연주를 엄청 특별하게 잘하는 사람도 아니고 나보다 훨씬 잘하는 사람도 너무 많은데

난 그냥 너무 평범한 연주자인 것 같아."

언제나 자신 없는 속마음을 털어놓으면 친구 지수는 내게 이렇게 말해 주곤 한다.

"넌 무대 위에 있을 때 반짝반짝 빛이 나!"

나는 긴장하지 말라는 말보다, 잘하려는 욕심을 내려놓으라는 말보다 친구가 진심으로 해 주는 이 말이 더 힘이 되고 위로가 된다.

"넌 가야금이 젤 잘 어울려."

주변 사람들이 종종 무심코 해 주는 이런 말들이 내게 '한 번만 더' 기운 내 볼 수 있는 용기를 준다. 나는 악보를 보면서 연주할 수 없는 것이 늘 내 최대의 단점이라고 생각해 왔다. 그래서 늘 초견 시간에 힘들었고 모든 입시 관문을 떡하니 버티고 있는 초견이 내게 큰 장애물이라고 여겼다. 지금도 다른 큰 악단에 들어가려면 반드시 초견을 거쳐야 하니 여전히 내게는 불가능한 벽이다.

다른 친구들은 선생님과 마주 앉아서 악보를 사이에 두고 악보를 보면서 연주하는데 나는 그럴 수 없으니 선생님 연주에만 의지해야 했다. 덕분에 악보를 보는 눈 대신 섬세히 듣는 귀를 얻었다. 이젠 산조가야금 같은 경우는 듣고 금방 따라 연주할 수 있는 정도가 되었다. 악보가 아닌 소리에 더 집중하면서 얻은 강점이다.

음을 흔들어서 내는 걸 서양은 비브라토라고 하고 가야금에서는 '농현'이라고 하는데 농현을 잘하면 '성음이 좋다'고 한다. 내 연주에 대해 성음이 좋다고 칭찬해 주시는 분들이 많은데 그 역시 악보에 집중하지 않고 내 소리에 집중한 결과다. 악보를 볼 수 없는 단점이 나도 모르는 사이에 내 장점이 된 것이다.

내 연주에 대한 또 다른 호평은 '모범생처럼 연주한다'는 것이다. 이것은 성음이 좋다는 말과 함께 내가 가장 많이 듣는 칭찬이면서 단점이기도 하다. 모범생처럼 연주하니까 정확하고 모범적이지만 자칫하면 딱딱한 연주가 될 수 있다는 것이다. 감정이 없는 로봇의 연주처럼 들릴 수도 있으니 말이다. 그 역시 내가 앞으로 차츰 넘어서야 하는 한계이다.

이렇게 적어 놓고 보니 긴 투정을 한 것 같다. 노력이 나를 배신한 것 같은 뼈 아픈 순간에도 나는 조금씩 그 노력을 통해 성장해 왔다는 사실이 써 내려온 문장들 속에서 발견되기 때문이다. 어쩌면 늘 나를 실망하게 하던 내 약점들은 계속 나를 노력하게 하고 성장하게 하는 밑거름이란 걸 지나온 시간이 말해 주는 것 같아서 새삼 위로가 된다.

'노력이 나를 배신할지라도 나는 늘 나를 넘어 성장할 것이다!'

MZ세대 국악인

...

나는 가야금을 연주하는 사람이지만 언젠가 기회가 된다면 가야금을 가르치는 사람이 되어 보고 싶다. 누구보다 시각장애인 학생의 마음을 잘 아니까 시각장애인에게 특화된 가야금 지도를 잘 할 수 있을 것 같다.

대학을 졸업할 무렵에는 교육대학원 진학을 고민해 보기도 했다. 졸업과 동시에 바로 교육대학원에 진학하는 친구들이 주변에 많기도 했고 어쩌면 연주자보다 가르치는 일이 내게 더 잘 어울릴지도 모른다는 생각도 들었다. 그러나 내가 음악 교사가 되는 길은 생각보다 간단하지 않았다.

만약 내가 음악교육대학원을 간다면 정교사 자격증은 나올 것이다. 그러면 적어도 사립학교 교사는 꿈꿔 볼 수는 있겠지만 아무리 생각해도 학생들은 적고 교사는 넘쳐나는 이 시대에 굳이 나처럼 장애가 있는 교사를 채용할 사립학교가 과연 있을까 회의부터 들었다. 그렇다고 국립학교의 교사가 되려면 임용고시를

서울예술상

서울예술상

봐야 하는데 내가 알기로는 아직 음악 쪽에 시각장애인 교사는 없는 것으로 안다. 게다가 음악 분야는 다른 과목들과 시험 자체가 다른 데다가 초견 시험을 봐야만 한다. 거기다 많은 악보를 하나하나 분석해서 써내야 하는 시험도 있고 시험 관문 자체가 매우 어렵다. 그럼에도 만약 내가 이 모든 과정에 도전한다면 나는 뜻하지 않게 또 '최초'라는 이름으로 모든 관문의 허들을 넘어야 할 것이다. 그 지난한 과정을 또 겪어야 한다니 도저히 엄두가 나지 않았다. 무엇보다도 대학원은 대학보다 장학금 지원이 많지 않기 때문에 어려운 형편에 현실적인 문제를 고려하지 않을 수 없었다.

그럼 다양한 악단을 경험해 보는 건 어떨까. 다양한 악단에서 비장애인 연주자들과 함께 연주해 보고도 싶다. 그런 기회와 선택의 폭이 좀 넓으면 좋을 텐데 역시 현실은 녹록지 않다.

KBS국악관현악단이든 서울시립악단이든 국립국악원이든 대부분의 악단에 들어가기 위해서는 초견의 관문을 넘지 않으면 안 된다. 시각장애인 연주자는 응시조차 할 수 없다는 뜻이다. 무작정 '할 수 있다'고 도전을 감행하기에는 너무도 예측 가능한 많은 어려움이 있다. 그렇다고 해도 시각장애인 연주자에게 초견의 관문이 존재한다는 것은 아예 기회의 싹조차 잘라 버리는 꼴이어서 너무 불합리한 현실이라는 생각이 든다. 개인적으로는 아무리 하고 싶은 것이 많아도 시각장애인 연주자에게는 거의 선택지가 한정되어 있다. 좀 더 다양한 음악을 경험하고 배울 수 있기 위해서는 시각장애인 연주자에게 좀 더 다채로운 무대의 기회가 주어지면 좋겠다.

시각장애인 예술단이라든가 발달장애인 예술단과 같이 같은 부류의 장애인만으로 예술단을 꾸리지 않고 다양한 장애 연주자들이 함께 어우러진 예술단이 지금보다 더 많이 만들어질 수 있다면 통합이라는 차원에서도 더 의미 있고 다양한 음악을 보여 줄 수 있는 기회가 되지 않을까 하는 생각도 해 보게 된다. 내가 앞으로 가야금을 연주하는 무대가 늘 비슷비슷하고 고만고만하게 예측할 수 있는 무대들이라면 그만큼 재미없고 지루한 일이 또 있을까.

나를 'MZ세대의 국악인(?)'이라고 일컫던데 그러면 뭐 하나. 젊고 개성 있는 세대에 걸맞는 선택을 할 수 있는 기회가 거의 없는데 말이다. MZ세대다운 신명을 맘껏 발휘해 볼 수 있는 기회가 많아야 MZ세대다운 국악인도 될 수 있는 것 아닐까. 우리 국악은 기악독주나 판소리를 할 때 항상 고수가 함께하며 추임새를 넣어 준다. 내가 가야금 산조를 연주할 때도 장구가 함께한다. 신바람 나는 연주, 신명 나는 소리는 혼자서만 낼 수 없다.

'장애예술인들의 활동에도 추임새, 북돋움이 필요하다! 시각장애인 연주자인 내가 신명 나게 연주하고 신바람 나게 예술 활동을 할 수 있도록 다양한 기회의 시스템이 뒷받침되기를.'

26년째 기적

· · ·

생후 7개월 때 나는 각막이식 수술을 받았다. 그러나 간절했던 부모님의 기대와는 달리 왼쪽 눈은 실패하고 오른쪽 눈만 희미하나마 시력을 얻었다. 어찌 보면 누군가는 절반의 실패라 말할 것이고 또 누군가는 절반의 성공이라고 말할 수도 있을 것이다. 병원에서는 그마저도 내가 일곱 살쯤이 되면 다시 수술을 받아야 한다고 했다. 신생아 각막이기 때문에 그 나이 정도까지만 쓸 수 있다고 했다. 다행히도 지금 나는 그 각막으로 26년째 빛을 보고 있다. 그러니 절반의 실패는 아닐 것이다. 명백한 성공이다. 병원에서도 신생아 각막이라 몇 번을 수술해도 더 했어야 하는데 아직 유지하고 있다니 기적이라고 한다. 그렇다. 나는 지금 26년째 기적을 살고 있다.

언제까지 내게 그 각막의 쓸모가 남아 있을지는 모르지만 내게 조금이나마 시력이 남아 있는 동안 나는 내 모습을 유튜브 영상을 통해 기록해 두고 싶다. '김보경 가야금'이란 이름으로 유튜브를 검색하면 김보경이란 이름의 많은 가야금 연주자가 나온다. '보경'이란 이름은 어찌 그리 흔한지 대학 때도 가야금을 전공하는 보경이 참 많았었다. 내 이름은 원래 '이슬'이었는데 내가 너무 잔병치레가 많아서 더 좋은 이름으로 개명하다 보니 수많은 보경이 중에 한 사람이 되었다.

나는 여러 '김보경 가야금 연주자' 중에서 특별한 연주자로 남고 싶다. 시각장애가 있는 가야금 연주자가 지금까지 없었으니 가야금 연주자로서 내 이름을 건 유튜브 프로그램을 진행한다면 그것만으로도 특별하지 않을까. 사실 한 2년 전부터 그런 생각을 해 오긴 했다. 시력이 불편하다 보니 영상 편집하는 데 큰 어려움이 있을 것 같고 혼자서 촬영하면 여러 힘든 점이 있을 것 같아서 아직은 생각만 하는 중이다. 그 일을 나와 함께해 줄 사람이 있다면 시도해 볼 수 있을 텐데 도와줄 사람을 구하는 일도 아직 엄두를 못 내고 있다.

예술단에서만 주로 활동을 하다 보니 '가야금 연주자 김보경'을 아직 사람들이 모르고 있다는 사실이 좀 속상했다. 우리나라에도 시각장애인 가야금 연주자가 있다는 것을 알리고 싶은 게 내가 유튜브를 하고 싶은 목적이기도 하다.

시각장애인으로서 활발하게 활동 중인 크리에이터 김한솔('원샷 김한솔'의 진행자) 오빠는 단연 손꼽히는 셀럽 중 한 사람이다. 시각장애에 대한 많은 정보를 전달하고 잘못된 인식을 개선하는 데 큰 역할을 해 주고 있어서 늘 감사하고 응원하게 된다. 그러나 한솔 오빠는 외모에 시각장애가 거의 드러나지 않아서 영상을 보는 사람들이 시각장애를 그런 모습으로만 오해하게 하는 아쉬움이 좀 있다. 그래서 나처럼 외적으로도 장애가 드러나는 시각장애인도 있다는 것을 영상을 통해 사람들에게 보여 주고 싶다. 녹음된 내 연주 음원만 올리는 방법도 잠시 고민해 보기도 했었다. 그런데 그렇게 하면 시각장애가 있는 내 모습이 드러나지 않기 때문에 그렇게 하고 싶지는 않았다. 어릴 때는 시각장애가 두드러지는 낯선 내 모습 때문에 아이들에게 구경거리가 되거나 놀림을 많이 받았다. 그게 너무 싫어서 아이들이 있는 곳은 피해 다니거나 사람들의 시선도 외면하던 때가 많이 있었다. 지금도 대놓고 나를 이상하다는 듯 쳐다보는 사람들의 무례한 시선이 아무렇지 않은 건 아니다. 그러니까 더욱 내 모습을 드러내야 한다는 생각이다. 나처럼 외적으로 장애가 드러나는 사람도 자꾸 노출되어야 사람들에게 익숙해질 테니까.

그동안은 장학금 주신 분들과 부모님을 실망시키지 않기 위해 항상 열심히 살아야 한다고 생각했다. 늘 그분들이 내 삶의 우선순위인 삶을 살아왔기 때문에 나는 아직도 무엇이 진짜로 나를 위한 삶인지 잘 모른다. 그래서 앞으로는 내가 좋아하는 것들을 찾아가는 일을 좀 더 해 보고 싶다. 그동안 내게 이루어진 26년의 기적은 어쩌면 나답게 살아 보라고 나에게 보내는 하늘의 싸인이 아닐까. 앞으로 하늘이 내게 얼마나 기적을 더 허락할지 알 수 없지만 앞으로 남은 날들은 내가 하고 싶은 것들을 찾아 맘껏 누려 보고 싶다.

우물을 벗어나는 용기

...

　최근 나는 아주 오랜 고민 끝에 중대한 결정을 내렸다. 대학 때부터 지금까지 몸담고 활동해 왔던 관현맹인전통예술단을 나온 일이다. 사회에 나와 처음으로 직장을 그만두는 결정이어서 내겐 참 오랜 고민의 시간이 필요했다. 늘 고민하다가도 다시 원점으로 되돌아가는 도돌이표 같았는데 이번에는 과감히 떠나 보기로 용기를 내어 보았다.

　우선은 집에서 너무 먼 직장이라는 게 가장 큰 문제였다. 매일 거의 왕복 4시간을 출퇴근 시간으로 허비하면서 몸과 마음도 축이 났다. 번 아웃이라고 해야 할까. 지치다 보니 무기력에 휩싸이는 날들이 많아져서 몸뿐만 아니라 마음 건강에도 문제가 생기는 것 같았다. 그래서 결국 과감히 '쉼'을 선택하기로 했다. 정말 후회 없이 최선을 다했으니 이제는 나 자신에게 잠시 쉼을 허락해도 괜찮지 않을까. 전력질주만이 앞으로 나아가는 것은 아닐 것이다.

단체에 소속되어 있다는 것이 소속감과 안정감을 주긴 하지만 김보경이라는 연주자는 점점 사라지고 있는 것 같은 기분이었다. 또 뭔가 더 다양한 활동을 해 보고 싶고 나를 좀 더 알리는 활동을 하고 싶은데 단체에 매인 몸이다 보니 유연하게 울타리 넘기가 자유롭지 않았고 점점 더 우물 안 개구리가 되어 가고 있는 것 같았다. 우물을 벗어나는 용기, 내겐 그것이 절실히 필요할 때라고 생각했다.

'단 한 번이라도
단 한 번 날 위해
한 번만 날 위해
살아 봐도 괜찮을까

한 번만 날 위해
살아 보고 싶어
난 살아 있으니까 난'

우물을 뛰쳐나갈 용기를 내는데 이 노래가 내게 힘이 되어 주었다. 벤허의 〈살아 있으니까〉, 이 노랫말이 단 한 번이라도 날 위한 선택을 해 보라고 응원해 주는 것 같았다. 장학금을 주신 분들의 고마움에 보답하기 위해서도 아니고, 부모님을 실망시키지 않고 책임지기 위해서도 아니고 오롯이 나 자신만을 위한 선택을 생에

한 번쯤은 해 보고 싶었다. 그게 바로 지금이고 나는 과감히 우물 밖으로 뛰쳐나왔다.

'나는 오래오래 무대 위에 남을 수 있는 연주자가 되고 싶다.

무대에 서는 일이 아무리 떨리고 두려운 일이라도 그 위에 있을 때 나는 가장 나다울 수 있기 때문이다. 무대 위에 있을 때 내가 가장 빛이 난다던 친구의 말처럼 나는 무대에 있을 때가 가장 고통스러우면서도 행복하다.

과감히 홀로 나온 김에 내 이름을 건 독주회를 제대로 한 번 가져 보고 싶다.

그동안 엄두가 안 나서 계속 미뤄 왔는데 기회가 된다면 실수하더라도, 두렵더라도 과감히 내 이름으로 채워진 나만의 독주회를 만들어 보고 싶다.

나에게 예술은 평생 친구 같은 존재라고 생각한다.

함께 있으면 즐겁고, 가장 의지하고 싶은 든든한 존재가 되어 주다가도, 한 번씩 티격태격해서 보기 싫어지는 것을 보면 딱 친구라는 표현이 맞는다고 생각한다. 그런 친구와 10년을 함께 달려서 여기까지 왔다. 앞으로 10년, 또 그다음 10년이 이어지도록 오래오래 그 친구와 함께 무대에 서 있을 수 있는 사람이 되고 싶다.

나는 나 스스로 음악을 즐겨야 관객에게 긍정적인 힘을 전달할 수 있다고 믿는다.

무대에 서는 날 동안 늘 그 즐거움을 잃어버리지 않는 연주자가 될 수 있으면 좋겠다. 그래야 내 연주를 듣는 사람들에게도 그 즐거움이 오롯이 가닿을 수 있을 테니까.'

지금은 가야금 말고도 해 보고 싶은 일이 많아서 정확하게 어떤 예술가가 되고 싶은지 모르겠다. 아직은 선생님이 내주신 '나만의 음악을 찾아가는' 과제를 수행하고 있는 중이라고 생각한다. 생각해 보면 지금까지 나는 누군가에게 도움이 될 때가 가장 기쁘고 행복했던 것 같다.

앞으로 다양한 분야를 폭넓게 배워 보고 개인 역량을 더 키워서 사회에 선한 영향력을 미칠 수 있는 예술가가 되고 싶다. 나를 가두는 수많은 우물에서 뛰쳐나올 수 있는 용기를 잃지 않으면서 말이다.

김보경

2023 서울대학교 국악과 졸업
2018 국립전통예술고등학교 졸업

제2회 서울예술상(서울문화재단) 심사위원 특별상(장애예술인상)
제9회 대한민국장애인예술경연대회 스페셜K 문화체육관광부 장관상
제19회 고양행주 전국국악경연대회 장려상
제2회 의정부 죽파 가야금 경연대회 죽파상(최우수상)
제8회 기산국악제전 전국국악경연대회 금상
제27회 전국학생국악경연대회 우수상
제3회 화성시 전국청소년국악경연대회 장려상

2024 신기술기반 장애예술 창작실험실 쇼케이스 Future Wide Open-The Circle
2023 경기민요 앨범(사시장춘)-가야금 반주 참여
2023 소리없이 나빌레라(영화)-가야금 연주 참여
2023 관현맹인전통예술단-국립민속박물관 공연
2023 관현맹인전통예술단-세종의 마음(경복궁 수정전)
2023 Sukiyaki Meets the World Festival 참가
2023 6월 호국보훈의 달 기념-600년 역사 관현맹인의 소리, 서울에 울리다
2023 루터란아워 정오음악회-빛의 노래
2023 5월 문화가 있는 날 기획공연(한글박물관)
2023 마음으로, 빛으로-시각장애 피아니스트 김상헌 X 가야금 연주자 김보경 리사이틀
2023 삼삼삼예술축제-기획공연 관현맹인전통예술단, '대한이 살았다'
2022 카타르 월드컵 초청 공연(관현맹인전통예술단)
2022 장애예술인 창작활동 지원사업 'Painter's Dream' 개막식 공연
2022 이프랜드 공감 힐링 콘서트(메타버스 공연)
2022 포스코 만남이 예술이 되다 시즌 3(유튜브 개인 스토리영상+규현 콜라보 영상)
2022 관현맹인전통예술단 정기 연주회-발밤발밤(국립국악원)
2021 서울대학교 국악과 제63회 정기 연주회(국립국악원 예악당)
2021 관현맹인전통예술단 창단 10주년 기념 음악회(국립국악원)
2021 관현맹인전통예술단 국립부산국악원 공연 '수요공감'
2020 아트위캔 국악콘서트 '가여낙낙'

2020 관현맹인전통예술단 3집 음반 참여
2019 관현맹인전통예술단 카네기홀 공연
2019 문재숙과 함께하는 천사금의 어울림 콘서트
2019 관현맹인전통예술단 제8회 정기 연주회-너에게 꽃이다(국립국악원)
2019 서울대학교 국악과 창립 60주년 기념 협연의 밤(서울대학교 예술관 콘서트홀)
2019 서울대학교 국악과 창립 60주년 기념 연주회(서울대학교 문화관 대강당)
2019 서울대학교 가야금 황병기 창작곡 발표회(서울대학교 예술관 콘서트홀)
2018 서울대학교 국악과 협연의 밤(서울대학교 예술관 콘서트홀)
2018 서울대학교 국악과 제60회 정기 연주회(국립국악원 예악당)
2018 서울대학교 국악과 전통음악 연주회(서울대학교 문화관 대강당)
2018 서울대학교 신입생 가야금 앙상블 공연-다시, 금(서울대학교 예술관 콘서트홀)
2018 예술의전당 문화햇살콘서트 '음악이 빛이 되는 콘서트'
2015 찾아가는 음악회 국방부 공연(한빛오케스트라 협연)
2015 서울오페라 창단 40주년 초청 공연(한빛오케스트라 협연)
2015 러시아 상트페테르부르크 한빛오케스트라 협연
2015 장애인의 날 공연 '우리도 스타'(국립국악원 예악당)
그 외 다수